怪談狩り
市朗百物語

中山市朗

角川ホラー文庫
19828

目次

第一話　右手さんと左手さん

M君は小学三年の頃、奇妙な夢を連続して見た。

古い木製の階段がある。階段は螺旋《らせん》状になっていて、M君は上から下の様子を覗《のぞ》き込んでいる。下のほうから木がきしむような音が鳴ると、一番下の階段に手の甲がふたつ、ひょいと現れる。

そのまま手だけが、とととと、とこちらに向かって上ってくる。やがて二つの手は目の前までやってきて、ふっと消える。

M君が叫んで起き上がると、汗びっしょりになっている。これが毎夜のように続くのだ。

「母さん、怖いよ」

母親に相談してみると「それ、右手さんと左手さんじゃない？」と言われた。

「あんたたちが小《ち》っちゃい頃、よく遊んでたじゃない」

言われて思い出した。自分と姉の二人で〝右手さん〟〝左手さん〟という想像上の遊び相手——所謂《いわゆる》イマジナリー・フレンドと遊んだ記憶が甦《よみがえ》る。それは、必ず祖母の部屋に現れる。じゃんけんをしたり、手が軽やかなステップを踏んでくれたり、また、ささいな悩みを相談したこともある。しかし、あれは現実だったのだろうか。

「あんたたちが小学校に上がった途端、遊んであげなくなったでしょ。だから遊んでほしいんだよ」母はなんともなしに言うが、なんだか薄気味が悪い。

姉に伝えてみた。姉も忘れていたようだが、そういえば、と思い出した。それからは一人で寝るのが怖くなって、祖母と一緒に寝るようにした。そのうちに悪夢は見なくなった。


中学一年になった夏休み。祖母の部屋で、祖母と昼寝をしていた。

眠れなくて何度も寝返りを打っていたら、寝込んでいる祖母の腰に、二つの手があるのを見た。

「あっ、右手さんと左手さん？」

手は足元に向かって移動し、やがて視界から消えた。手が畳を走る音がするので、目で追ってみた。音が近づいてくる。

いきなり両足首をつかまれた。

飛び起きようとしたが、体が動かない。手がのそのそと体をよじ上ってきて、腹から胸、そして首へと近づいてくる。

祖母を呼ぼうとするが、声が出ない。

ついに両手が首まで到達し、そのまま絞められた。このとき初めて、右手さんと左手さんの甲から先が現れた。腕、肩、胸、そして顔。その顔が、自分の真正面に近づいた。長い髪を振り乱した少年だった。

「アソボ、アソボ」

口から機械的な声が発せられた。

恐怖と苦しさにかられ、やっとのことで自分の両手を動かした。何度も畳を叩《たた》いて、隣の祖母に気づいてもらおうとする。

やっと声が出た。「おばあちゃん、おばあちゃん」

「なんだよ、うるさいねえ」祖母がこっちを向いた。

祖母が目を覚ますと、少年はかき消えた。

「さっきから畳を叩いて、寝られないじゃないか」

祖母は恐怖に震えているM君の首のあたりを見た。

「手形の湿疹《しっしん》が首にあるねえ、どうしたんだい？」

第二話　祖父の足音

M子さんは、大学受験の真っ最中。

いつものように二階の自室で勉強していると、とんとんとん、と誰かが階段を上がってくる音がした。家族の足音はみんなわかる。

「あっ、おじいちゃん、お帰り……」

振り返ってから気がついた。

「おじいちゃん、先週亡くなったっけ」

その後も、勉強をしていると祖父の足音が聞こえる。奇妙だと思いつつも、次第に慣れてしまった。

ある日、また足音がしはじめたので「おじいちゃん、出てきてくれるのはいいけど、少しうるさいな」と、誰もいない階段に向かって叫んだ。

翌日から足音は、ゆっくりと階段を上がるようになった。

またある日、忍び足で近づいてくる祖父の足音が聞こえてきたので「おじいちゃん、受験、受かったよ」と言った。以来、足音はしなくなった。
ただし、祖父の母校であった第一志望の大学には落ちた。

第三話　ダイヤの指輪

ある女性の曾祖父《そうそふ》にあたるAさんの話である。

Aさんは戦中、台湾で従軍していた。実家は農業を営んでいる。

戦後間もないある日、見かけない若い紳士の訪問を受けた。「芋を売ってください」という。

お金の代わりに差し出されたのが、ダイヤモンドの指輪だった。

「これは受け取れません」

「ぜひこれで、お芋を」

そんなやりとりが続いたが、最終的に指輪は担保として預かることになった。

「それ相応のお金を持ってきていただいたとき、これはお返しします」

そう言って、芋を紳士に手渡した。

その後、紳士が姿を現すことはなかった。手を尽くして捜してみたが、なんの手がかりもなく、ずっと指輪のことが気になっていた。

ところが五十年ほどして、その紳士が見つかったのである。Aさんはすぐに指輪を返した。それが縁となって、何度か家にも寄らせてもらい、一緒に酒を酌み交わす仲になった。その後、半年ほどして紳士は亡くなった。Aさんは葬式に参列した。

葬式の場で、紳士の親戚《しんせき》連中が揉《も》めている。

「この指輪は誰がもらう」という声が聞こえてくる。参列者の前での露骨な争いは、あまりに見苦しく、亡くなった紳士が気の毒に思えた。Aさんは、同伴していた妻にキャッシュカードを渡し、現金二百万円を用意してもらった。二百万円は、揉めている親戚たちの前に差し出した。

「これで文句ないでしょう。これは私が買い取ります」

そのまま、指輪を紳士の亡骸《なきがら》の指にはめて棺桶《かんおけ》を閉めた。そして紳士は荼毘《だび》に付されたのである。

翌日。

葬式に着ていった喪服をクリーニングに出すためポケットをまさぐっていたら、ダイヤの指輪を見つけた。

「どうしてだ?」

さらに内ポケットに手を入れてみると、銀行の封筒に入ったままの二百万円がある。

「これは……」

紳士宅に電話をかけると長男が対応した。

「やはりそうでしたか」

昨晩、長男の夢枕に紳士が現れたのだという。

「こんなことになってはあの方に申し訳ない。指輪とお金は返すから、後はよろしく頼む」

紳士はそう話していたらしい。

Aさんもいまは亡くなってしまったが、この話をしてくれた女性の実家の仏壇には、いまもダイヤモンドの指輪が大切に置かれているという。

第四話　野球部のファン

Nさんは高校生のとき、野球部に籍を置いていた。田舎の高校だが、過去に何度か甲子園に出たことがあるという。

練習をしていて、いつも気になっていたことがあった。それは、三階の校舎のベランダからいつもこちらを見ている女の子がいるということだ。

「きっと、野球部のファンやで」

「部員の誰かを好きなんじゃないか」

あの女の子は誰のことが好きなのか、ジャンケンで負けた者が聞きに行くことになった。

負けたのはNさんだった。

三階の一番端。その教室の前に立って初めて気がついた。

普段は使われていない空き教室だった。

ここ数年、過疎化が進んで使っていない教室がいくつかできた。この部屋もその一つで、鍵《かぎ》がかかっていて誰も入れないはずだが、教室の外から、後ろ姿の女の子がべランダに立っているのが見える。しかし、よく見るとおかしい。

ベランダの外側にあるコンクリートの手摺《てす》りから上の部分は見えるが、手摺りから下には体がない。ちょうどグラウンドから見えない部分が消えているのだ。

目を疑った瞬間、彼女が消えた。ほぼ同時に女の子の顔が目の前に現れた。ピントのボケたような顔だった。

気絶した、のだろう。気がついたら病院のベッドの上にいた。仲間たちが心配そうにNさんを覗《のぞ》き込んでいる。

「俺、えらいもんを見た」

Nさんは三階にいた女の子のことを話し、あまりの怖さに気絶したのだと伝えた。それを聞いた仲間は、きょとんとして「お前、なに言ってんの?」という。

仲間たちによると、N君は三階からそのままグラウンドに戻って練習をこなし、自転車に乗って帰宅途中に、トラックに撥《は》ねられて病院に担ぎ込まれたらしいのだ。

Nさんには、そんな記憶はまったくない。

翌日からベランダに女の子が立つことはなくなったらしい。

第五話　深夜のバスケ

当時専門学校生だったS君とM君が、夜中に近くの小学校のグラウンドでバスケットボールをやっていた。しかし、どうも気分がのらない。

「バスケはやっぱり、体育館でしょ。でも閉まってるかな」

「正面は閉まってるけど、ステージ袖《そで》につながる裏口が、たまに開いてるねん。行ってみる？」

開いていた。

二人は体育館に侵入した。驚いたことに、真っ暗な館内には先客がいるらしい。ざわざわとした数人の人の気配や息遣い、バスケットのボールをドリブルする音も聞こえてくる。

「仲間に入れてもらうか」

「けど……、中、真っ暗やけど」

S君は手探りで、ステージ裏に電気のスイッチを見つけた。館内が明るくなると、ざわざわとした音が消えて、ただ、ターン、ターン、とボールが勢いをなくしながら床を跳ねる残響だけが聞こえる。

ステージの脇から館内に入ってみたが、誰もいない。

ボールが一つ、二人の足元に転がってきた。館内は静寂に包まれる。

二人がボールを見つめていると、突然電気が消えた。闇に包まれると、あたかも何人もの人間がまわりにいるような息遣いや衣擦《きぬず》れの音と、再びボールをドリブルする音が響いた。

二人は体育館を飛び出し、そのまま逃げ帰った。

第六話　般若

東京《とうきょう》の出版社に勤務しているK子さんの実家は、長野《ながの》県にある。たまに実家に帰るが、都内から車で出発して四時間はかかるので、たいてい真夜中に到着するという。

途中の国道沿いに廃屋がある。随分古いもので、なんだか気になっていた。

ある夜遅く、実家を目指して国道を運転していると、信号につかまった。前方を見ると、例の廃屋が見える。当然、廃屋には電気はなく真っ暗なのだが、中に人がいるような気がした。窓に人影がある。こちらを向いている感じがする。

五人、いや六人。

鳥肌がたった。彼らの顔が、それぞれ般若《はんにゃ》のような形相をしている。外灯の少ない深夜の田舎道で、距離があるにもかかわらず、廃屋の闇の中に浮かび、こちらをじっと睨《にら》んでいるのがわかる。

信号が変わったと同時に、K子さんはアクセルを踏み込み、早くその場を離れようとした。あやうく左折してきた車と接触事故を起こすところだった。

「なにかある」

そう思ったK子さんは、檀家《だんか》の寺に相談した。

「前々から気にはなってたんだが、やっぱりまだ成仏しとらんか」住職は言う。

その廃屋は昔、強盗が押し入って一家六人が惨殺された家だという。

「供養してくれる者がおらんのだな。どうだK子さん、明日《あした》、彼らに成仏してもらおうと思うんだが、これもなにかの縁だ、あんたも一緒に来てくれんか」

最初は拒んだものの、確かにこれはなにかの縁なのだろうと考え、住職に同行した。

翌日、数珠《じゅず》を渡され、廃屋の前で一緒に念仏を唱えた。

すると無人の屋敷の中が騒がしくなった。人のうめき声や叫び声が聞こえてくる。

怖くて逃げだしたくなるところを住職が手で制する。やがて念仏が終わり、「もう大丈夫」と住職が口にした途端、物凄《ものすご》い音をたてながら廃屋が倒壊してしまったのである。

第七話　ニュース映像

　Yさんは映像制作会社で、編集や合成の仕事を二十五年間やっているベテランである。

　まだ入社したての頃、会社は仏教系のA宗という宗教団体と契約していた。すでにこの頃、A宗は専門のテレビチャンネルを持っていて、説法や宗教行事などを共同制作し、衛星配信していたのである。

　Yさんはその宗教番組のアシスタントにつき、法要祭の護摩焚《た》きなどのVTRをこまめにチェックする毎日を送っていた。護摩焚きの炎の中を観察して、「ここに龍がいる」とか「ここに人の顔がある」ということを調べてゆく。それらが出現した時間をメモして、編集担当者に渡す。とても忍耐のいる仕事で、A宗の会報に「ここに神様が降りられました」「霊がいます」と書かれて掲載されるのだ。だから彼らの言葉は嘘でも捏造《ねつぞう》でもなく、Yさんたちが血眼になって探した結果なのだという。

　ある日、仕事を終えて帰ろうとするYさんは上司に呼び戻された。

「いまから第三スタジオに入ってくれ。臨時ニュースの編集が入った」

ちょうどA宗の一行が訪問している中国で、列車事故が起きて多数の死傷者がでているらしい。実は、A宗の一行もその列車に乗るはずだったのだ。だが一行はなんらかの理由で一本遅らせ、助かったらしい。このとき同行していた撮影クルーが偶然にも事故現場をカメラに収めたのである。

当時のビデオテープはオープンリールのもので、すでに現地から届いている。ディレクターのHさんと打ち合わせをして、これを十五分ほどのニュース映像にまとめることとなった。すぐ作業にとりかかると、編集室が真っ暗になった。

ブレーカーが落ちた？

いや、違う。編集室は窓がないので電気が消えると漆黒の闇となるはずだが、明かりがあるのだ。いくつもある編集用モニターの一つだけが点《つ》いていた。モニターにはノイズまみれの映像が映っている。

一つでもモニターが点いているということは、ブレーカーが落ちたというわけではない。では、なんだろう。

フロアには編集スタジオが六つある。各スタジオの配電盤を見てみたが、ブレーカーに異常はない。また、電気が消えているのは第三スタジオだけだ。

ほかの編集スタジオで作業するスタッフに事情を説明して、フロア全体のメイン電源を一旦《いったん》オフにして、もう一度立ち上げると第三スタジオの電気も復旧した。

ニュース映像の編集作業を再開し、五時間ほどで終えた。その間、例のモニターはずっとノイズを映していた。

YさんもHさんも、ずっとそれが気になっていた。というのも、そのノイズまみれの映像の中に、手を合わせてなにかを拝んでいる老婆が現れてきて、だんだん姿がはっきり見えるようになったのだ。そして、編集作業が終わってオープンリールのテープを巻き戻すと同時に、老婆の姿は消え、ノイズだけが残った。

「さっきから気になってたんだが、婆さんがあのモニターにずっと映ってたよな」

Hさんが言う。

「巻き戻したら消えましたね」

「再生してみろ」

オープンリールのテープを再生すると、モニターに編集したばかりのニュース映像が映りこんだ。すると画面の端に、転覆している電車に向かって拝んでいる老婆がいる。

「この人だ」

しかしどうしてこの老婆だけが、モニターに映っていたのか、さっぱりわからない。

のちにわかったことだが、この老婆は現場で真っ先に死体で発見されていたという。

第八話　ノック音

Yさんがやっと一人前の編集マンになり、CMの編集作業を任された。プロデューサーのMさんと大阪《おおさか》にある編集ルームに詰めていたが、作業は夜中まで続いた。Mさんは京都《きょうと》の人だ。電車は終わっている。明日の作業もあるので、近くのホテルに宿泊することになった。アシスタントが電話で探して、大阪駅前のDホテルの部屋を押さえることができた。

「じゃあ、ちょっと休んでくるから、なにかあったら連絡してよ」

Mさんは編集ルームを出ていった。

翌日、YさんはMさんと仕上げ作業をはじめた。しかし、Mさんは昨晩、ホテルに泊まらずに、京都に帰っていたという話を、アシスタントから聞かされていた。

休憩時間に何気なく、Mさんにホテルに泊まらなかった理由をたずねた。

するとMさんが真剣な表情になった。

「Y君、ちょっと聞いてくれよ」

Mさんがホテルに入ってシャワーを浴び、ベッドに横になったとき。

廊下からほかの部屋のドアを強く叩《たた》く音が聞こえてきた。酔っ払いが廊下を歩きながら部屋のドアを叩いて回っているのか、アシスタントがMさんの泊まっている部屋がわからずにノックしながら捜しているのか。

ドン、ドン。音は少しずつ近づいてくる。

ホテルのドアにはドアスコープがついている。誰がやっているのか見てやれ、と身をかがめて廊下を覗《のぞ》き込んだ。

ドン、ドン。音が隣のドアまでやってきた。今度はこの部屋だ。身構えていると、ドーンと部屋の背後で大きな音がした。そして音は廊下に戻り、遠ざかってゆく。

いまのなんだ？

このホテルは、円筒形の建物である。

音は遠ざかって小さくなるが、ある地点からまた音が大きくなって、再び近づきだした。

なにが起こっているのかわからず、混乱した。

ドン、ドン、ドン。音が大きくなる。

「これはあかん！　と思って、荷物をまとめてタクシーで京都に帰ったんや」

第九話　水滴

筆者はビデオクルーを連れて、あちこち怪しげな場所をロケすることがある。

お盆が過ぎた頃の夜中、とある墓場で怪談を語った。

私はなんともない。だが、周囲のスタッフたちには、どうも寄ってくるのだ。

墓場に立ってスタンバイしていると、ずっと謎のノイズがカメラに入り込んでいて、私が語りだすとピタリと止まる。語り終わると、またノイズが入る。

カメラマンのA君によると、そんなことが繰り返し起こったという。


A君は、車の運転も担当している。

墓地でのロケの帰り、スタッフや出演者を送り届け、自宅へ戻った。しかし、あまりに疲れていたので、そのまま運転席のシートを倒し、車の中で寝てしまったという。

ポツ、ポツ、水滴が顔にあたって、はっと目覚めた。

水滴……。えっ、水滴？

見ると、車の天井にびっしり水滴ができていて、ポツポツと落ちてくる。

湿気が結露したものだろうか。そんなに外と温度差がある時季でもない。

とにかく拭《ふ》き取ったら、水滴はなくなり、それ以上発生することはなかったが、車の床には水が溜《た》まっていたという。

一週間して、六甲山《ろっこうさん》でロケをした。また夜中に怪しげなスポットを回った。ロケが終了し、スタッフ、出演者を送り届けて自宅へ戻った。この夜は自室で寝た。ところが朝になり、A君は父親に叩き起こされた。

「お前、車の中、どないした!」

「は?」

車は、父親も使っている。車のドアを開けたら、車内が腐臭に侵されているという。慌てて車を見に行った。

確かに吐き気をもよおしそうな腐臭がする。消臭スプレーを持って、臭いの原因になる場所を探したが、そんなものはない。

「臭いに元がないって、そんなことあるもんか」

父親はそう言いながら、自らも探すが、結局、腐臭がどこからしているのかはわからなかった。仕方なく一日放置したら、翌朝には腐臭は完全に消えていたのである。

第十話　ぬかるみ

　ある夜、ロケで何ヶ所か回って、最後に廃ホテルに行った。周囲に民家もない山の中に建っている。昔は温泉が出ていたようだ。

　着くと先客がいた。

　その場所は、ネットや情報誌ですっかり心霊スポットとして有名になっていて、カップルや若者グループが肝試しをするのである。

　この日も、窓から懐中電灯の光が移動しているのが見える。「きゃーきゃー」という嬌声《きょうせい》も聞こえる。

「しばらく待つか」と、我々は外で待機した。

　やっと先客が帰ったかと思うと、次のグループが来た。

　また待機。

　三十分ほどすると、そのグループも帰って行った。やっと静かな廃ホテルとなった。

　撮影準備に取り掛かっていると、スタッフの一人が車内に忘れ物をしたので取りに行くという。私も丸一日のロケで疲れている。

「もう、今日はやめや。帰ろう」との私の一声で、撤収作業となった。

廃屋の玄関前は、昼間降った雨のためにひどくぬかるんでいる。

そのぬかるみを避けながら戻ろうとしていると、また次のグループと鉢合わせした。
六、七人の、若い男女混合のグループ。
「あっ、そこ、ぬかるんでますよ」と私が言うと、「すみません、ありがとうございます」と笑顔が返ってきた。

「撮影ですか」

「ええ、まあ」

「えっ、テレビですか？　なんの番組？」

お互いそんなことを言いあいながら、一方はホテルの方向へ、我々は駐車場へと分かれた。

ホテルから駐車場まで、ぬかるんだ道を何分か歩く。ようやく駐車場に辿《たど》り着いた。

ふと気がついた。

我々の車しか停まっていない。

「駐車場、ほかにもある？」

「いや、ここしかないです」と、この近辺をよく知る地元出身のカメラマンA君は言う。

素朴な疑問が頭に浮かぶ。ここは山の中だ。先ほどのグループは、どうやってここまで来たのだろうか。

見回すが、バイクも自転車もなにもない。歩いて来られるか？

「町から歩けんことはないですけど、一時間はかかるでしょうし、こんな時間に歩いて来るでしょうかね。女性もいたし、山道ですし、道ぬかるんでますし」

あっ、と思ってみんなの足を見た。ぬかるみを歩いてきたので靴は泥だらけ。ズボンにも跳ねた泥が付着している。

「そこ、ぬかるんでますよ」と言ったとき、私は彼らの足元を見たのだ。

一人の女性はヒールを履いていたので印象に残っていた。そして、彼らの靴はまったく汚れていなかったのだ。

「ほんまにどこから来た？」

「戻って確認しますか？」と問われたが、あまりに疲れていたのでそのまま帰った。

のちほど改めて調べてみたが、やはり駐車場は、あそこ一ヶ所しかなかった。

第十一話　六甲山の歩道橋

もう二十数年も前のことになる。

六甲山のドライブウェイに使っていない歩道橋があり、そこから人が飛び降りる。下を走っている車は落ちてくる人影を見て、急ブレーキを踏むが、停車してあたりを見ても誰もいない、そんな話が噂された。


大阪のテレビ局が、人気のスポットを巡るバラエティ番組を放送していた。夏の特別企画として、心霊スポットを巡ることになった。

当時は、霊能者の宜保愛子《ぎぼあいこ》さんが話題になっていた。そこでテレビ局は、霊能力があるという中学二年生のMちゃんという少女を、売り出そうとした。彼女のパートナー兼ナビゲーターとして、私も出演を依頼されたのだ。

「どこを巡りましょうか？」というディレクターに、六甲山の歩道橋の話をすると、たいへん興味を持ってくれた。

七月初旬の雲一つない夕方、制作会社に集合して打ち合わせをした後、六甲山のドライブウェイに向かった。

六甲山の麓《ふもと》に着いた頃、あたりはもう暗くなりかけていた。一旦《いったん》ロケ車を降り、私とMちゃんの二人がテレビカメラに向かう。六甲山を背景にオープニングの映像を撮るための準備をしていると、物凄《ものすご》い雨が落ちてきた。

天地がひっくり返るとはこのこと。車の中にビニール傘があったので、一本の傘の中に、私とMちゃんが入ってコメントを収録したが、雨の勢いで傘がひしゃげるように歪《ゆが》む。どうにか収録を終えると、途端に雨はやみ、今度は濃霧が発生した。

ロケ車はドライブウェイに入り目的地に向かって走るが、もう完全に日は暮れて、ヘッドライトが照らす白い霧以外はなにも見えなくなった。

ほどなくトンネルを抜けた。白い霧の中に、ボロボロの歩道橋が浮かび上がった。

「ここだ！」

ちょうどその付近は駐車場を兼ねた展望台がある。車を駐車場に停車させると、まるで計ったかのように霧が晴れた。そしてドライブウェイにかかる歩道橋が姿を現した。

ひと目でいまは使われていないことがわかる。階段部分も歩道橋本体も、床がほぼ抜け落ちていて、渡ることは不可能だ。全体は錆《さ》びついていて、錆《さび》の一部が道路にも落ち、いつ崩れてもおかしくない。

ディレクターの指示があって、カメラマンやアシスタントたちが機材を車から運び出し、バッテリーの用意をしている。私は車から降りて歩道橋に近づいてみた。

するとトン、トン、トン、と上がれるはずのない階段を上がる音が聞こえる。

「音がする。いま、しましたよね」

私はスタッフに向かって声をあげた。スタッフも確かに聞こえるという。しかし階段には誰もいない。ただ音だけが響いている。

「幽霊が来ています。あそこに青い人がいますよ」いつの間にか隣にいるMちゃんが言う。

「青い人？」

「いきなり本番でいきます」

カメラマンが私とMちゃんにレンズを向け、そこから歩道橋に画面を移動させる。その瞬間、カメラマンが短い悲鳴をあげた。撮影は中断した。カメラマンはカメラのレンズを覗《のぞ》き込む。

「どうしたんですか」

「少しお待ちください。カメラの調子が」

しばらく待ったが、カメラの調子は復活しなかったようで、別のカメラで撮り直すこととなった。その間もずっと、何者かが歩道橋の階段を上がり、そのまま歩道橋を渡る音がしている。

実はこの歩道橋は、上に行って渡っても反対側に下りる階段がないのだ。足音は、延々と上がることだけを繰り返している。

「はい。本番行きます。テイク2、スタート」

カメラが私たちを捉《とら》え、そのまま歩道橋へ移動。

「あれ？」

またもやカメラマンが声を出し、先ほどのようにレンズを覗き込んだ。しきりに首をひねっている。

カメラマンはディレクターとなにやら話し込んでいる。

どうやら、私とMちゃんを写したときはなんともないが、そのまま歩道橋に画面を移動させると、階段を上がる人の形をした青緑色のなにかが映り、直後に暗転し、カメラが作動しなくなる。それが二度も起こったというのだ。

「だから、ダメなんです。霊が怒っているんです」Mちゃんは異様に怖がっている。

カメラはもう一台あるが、これが作動しなくなったら撮影が中止になってしまう。

しばらく様子をみるため、我々はロケ車の中で待機し、緊迫する車内の様子を撮影することになった。

その間も、階段を上がる音は繰り返し聞こえている。

本来なら夜の神戸《こうべ》の街が見渡せる展望台の駐車場だが、この日はまったく街の明かりが見えない。外灯もなくあたりは真っ暗だ。

気のせいか、我々の乗っているロケ車の周りに妙な気配がしはじめた。

「六甲山じゅうの霊が興味をもって集まっているよ」

Mちゃんの言葉に、スタッフ一同、縮み上がった。

車の周りを囲まれている、そんな雰囲気を皆が感じていたのだ。

そのとき歩道橋の下を一台の車が走り抜けた。かと思うと、凄いブレーキ音がして、少し先で急停車した。車から男性が降りてきて、タイヤのあたりや歩道橋を不思議そうに見ている。私とカメラマンは、その男性のもとへ走った。

「なにかありましたか」

「いま、あそこから人が飛び降りたんや。そんで急ブレーキ踏んだんやけど」

噂は本当だったようだ。その後、もう一台、同じように急ブレーキで停車した車があり、その運転手も「歩道橋から人が落ちた」と青ざめていた。

運転手たちの証言や、ロケ車内の緊張感に満ちたやりとりを残ったカメラで撮り、

「なんとかコーナーの素材になりました。もう帰りましょう」とディレクターは言いだした。

私はもっと粘ろうと提案したが、ディレクターは音を上げた。

帰り支度をして、下山する段になったら、今度はロケ車のエンジンがかからない。

「そんなアホな。エンジンがかからないやなんて」

しかし車は動かない。

ディレクターが怒鳴る。

携帯電話などない時代である。ディレクターはアシスタントとともに近くの公衆電話に走り、救助を呼んだ。

それから約四時間、我々は六甲山の展望台に取り残された。その間も壊れた階段を目に見えない何者かが上がる、トン、トン、トンという音と、なにかただならぬ気配に、クルーたちはずっと鳥肌をたてていた。カメラマンは作動しなくなった二台のカメラをなんとか起動させようとしていたが、原因不明のまま動かない。

ようやくJAFのスタッフが姿を現したとき、まさに救世主とはこのこと、とオーバーでなく思ったが、すぐエンジンはかかり「なにも異常はないですねえ」と言われたときには、全員ひいてしまった。

帰りの車中、カメラマンが言った。

「中山《なかやま》さん、私はカメラマンを十何年やってますけど、今回のようなことは初めてです。しかも二台が同じ故障をしました。私は霊を信じているわけじゃないですけど、緑の人影は確かにレンズ越しに見ました。本当に故障ならメンテナンスしなければならないですが、もしも明日《あした》の朝、二台が普通に作動すれば、それはあり得ないことなので、霊的なものだと信じてしまいます」

「じゃあ、作動したら電話ください」

帰宅できたのが夜中の三時。翌朝九時に電話で起こされた。

「カメラが二台とも作動します。私、霊を信じます」

第十二話　六甲山の展望台

二年前の夏、ネット番組で前述の怪談を語るため、十数年ぶりに展望台を目指した。

撮影当日、台風が接近していたが直撃とはならないようなので強行した。六甲山ドライブウェイの展望台には、夜の八時頃に到着した。

例の歩道橋は、何年も前に撤去されている。

風が吹き、雨が降っている。展望台の駐車場には一台の青いセダンが停まっているだけ。これなら撮影中に野次馬に囲まれることはない。

さっそく撮影準備にかかると、我々の車より十数メートルほど先に停まっている青いセダンの方から、七、八人の若者がぞろぞろと歩いてくるのが見えた。彼らは休憩所に向かっているらしい。

カメラマンのA君がそれを見て「ちょっとあの人たちに、このあたりの話、聞いてきます」と、若者たちを追いかけた。若者たちは休憩所付近で見えなくなり、A君もそのあたりに消えた。

私も後を追った。すると休憩所の前でA君が一人、ぽつんと立っているのを見つけた。

「さっきの人らは？」

「いません」

「休憩所の中じゃないの？」

閉まっている。鍵《かぎ》がかかっていて、電気が消えて中は真っ暗だ。

ほかに行く場所といえばトイレだが、トイレは一つしかない。しかし誰も入っていない。

じゃあ、あの若者たちはどこへ消えたのか。

A君の顔は心なしか青ざめている。

車に戻って、ほかのスタッフにも確認した。

「いました。私も見ましたけど……。えっ、どうしたんですか」と女性スタッフ。

「キミが見たという若者はどんなやった？」

「普通の子たちでした。大学生くらいで、男女七、八人くらいです。そう、派手なTシャツを着てる男性とか、黄色いTシャツの女性もいました」

私もそれに覚えがある。全体的にカラフルな服装の若者たちだった。

Y君というアシスタントにも聞いた。

「僕は車から機材を運び出してたんで、姿は見ていませんが、声は聞こえました。何人かの話し声を」

　雨風が吹き荒れる荒れ模様の中、はたして声が聞こえるものだろうか。

　妙だ。

　あの若者たちは、この雨の中、傘を持っていた者が一人もいなかった。衣服も濡《ぬ》れていた印象がない。そして、外灯のない暗闇の駐車場。さっき彼らが通った場所に、明かりはない。それでもカラフルな服装の印象が残るのだろうか。そもそも、ここには車でしか来られない。彼らの車はどこにあるのだ。

「念のため、あの車の人に聞いてきます」

　A君は、停まっているセダンの窓を叩《たた》いた。中では、ひと組のカップルがいちゃついていた、らしい。そこに勇気あるA君が声をかけた。

「あのう、ここを人が通りませんでしたか」

「あン、いるわけねえだろ！」

　そう怒鳴られたらしい。

　ただ、ドライバーでもあるA君は、駐車場に入ったとき、青いセダンを取り囲んでいる数人の黒い影を見たという。また、A君の印象では、休憩所へ移動した若者たちは、皆一様に影のように黒かったそうだ。

第十三話　六甲山の展望台、その後

六甲山での体験を、ある怪談ライブで語ったことがある。

後日、ライブを聞いていたという男性から連絡があった。

六甲山の展望台は、実は何ヶ所かある。私は話の中で場所を特定しなかったのだが、彼の言う展望台は、まさにあの展望台だった。


僕も同じものを見ました。やっぱり台風が近づく雨の日で、僕は彼女とそこにドライブに行ったんです。そしたら数人の若者が休憩所に向かって移動していて。いずれもカラフルな服装で、話に出た黄色いTシャツの女性もはっきり覚えています。

僕の中ではそれだけのことで、それが怪しいこととは思ってなかったんですが、ライブで話を聞いて思い出しました。確かに外灯がない、濡れていない、傘もさしていない、まったく同じ状況だったんです。

ちょっと怖かったのは、僕がそれを見たのは十何年も前のことなんです。

第十四話　サイドミラー

Bさんがタクシーの運転手になりたての頃に乗っていた車は、ボンネットにミラーが付いているフェンダーミラー型のものだった。

ある日、賃走をしていると、乗客が「その路地に入ってくれ」という。細い路地だった。片側に電柱もあり、とても入れそうにない。丁重に断ったが、「いいから、入れ」と客も譲らない。

仕方なく路地に入ることにした。だが、どうしても狭くて、ついには右側のサイドミラーを電柱に思いきりぶつけてしまった。

「お客さん、やっぱり無理です。戻りますよ」バックして元の道に戻って、客にはそこで降りてもらった。

Bさんも車を降り、ぶつけた箇所を確認すると、サイドミラーは折れてぶら下がっている。だが、それがコードなどではなく、何十本という髪の毛の束でつながっていたのだ。

第十五話　むすんで、ひらいて

東京でタクシーに乗ったとき、こんな話をした運転手がいた。

この運転手は地方から上京した人で、東京でタクシーの運転手をはじめたばかりの頃、気味の悪い体験をしたという。

夕方近くに杉並《すぎなみ》区の阿佐ケ谷《あさがや》で、客を乗せた。

稲村ヶ崎《いなむらがさき》へ行ってくれという。

神奈川《かながわ》県の鎌倉《かまくら》市あたり。映画『稲村ジェーン』で有名になった場所だ。これでもう、一日のノルマが達成できる。喜んで客を稲村ヶ崎に送り届けた。その帰りのことである。

中野《なかの》区にある営業所に帰るため地図を見ながら国道二四六号線を東京方面に向かっていた。日も暮れて雨が降ってきた。雨足はだんだん激しくなる。

運転手は、急激に眠くなってきたという。睡魔と闘いながら国道を走るが、これは事故を起こすと思い、適当な場所に車を停めて仮眠をとることにした。

しかしもう都内に入っていて、国道には車が停められる場所が見つからない。国道を外れて少し進むと、街の喧騒《けんそう》から離れて車を停めるには恰好《かっこう》のスペースを見つけた。あまりに眠くてはっきりとはわからないが、公園かもしれない。とりあえず敷地内に車を乗り入れた。

会社には厳しい規定があり、乗車拒否をすると解雇されてしまう。空車のプレートを引っ込めたかったが、そうはいかない。客が来ないことを祈って助手席側に足を投げ出して眠りにつこうとした。

足音が近づいてきた。

ただの通行人だと言い聞かせるが、どうもそうではなさそうだ。車の真横でピタッと足音が停まった。こちらを覗《のぞ》き込んでいる気配がする。

乗せたくない。眠たいんだよ、ほか行ってくれよ。

心の中で叫びながら寝たふりをすることにした。だが、こんなにも眠たいのに眠れない。

右肩のあたりをゆさゆさと揺すられた。

ごめんなさい、ほかに行ってください、ごめんなさい。

心の中で祈りながら狸寝入りを続ける。今度は右の手首をつかまれた。運転手の掌《てのひら》にやわらかい手が触れ、握っていた指をひとつ、ふたつ、みっつと数えながら広げてゆく。

声もする。子供の声だ。すべての指が広げられると、今度は握らされる。
「ひとつ、ふたつ、みっつ、よっつ、いつつ」
そしてまた広げられる。これを何度も繰り返される。
あ、これはおかしい。運転手は起き上がった。
誰もいない。外は豪雨である。当然ドアの窓も閉まっていて、ロックもかかっている。
周りを見てみると、墓石に囲まれている。夜の青山《あおやま》墓地だった。
慌てて中野営業所まで帰った。
目的地に到着しても車を停めたまま、運転手はこの話を一生懸命話してくれた。

第十六話　自殺の名所

Iさんというタクシーの運転手が夜中、ある町を流していて一人の客を拾った。五十代中頃のサラリーマン風の男性。

M山へ行けという。自殺の名所と噂される不気味な山だ。

「あんなところに、なにかあるんですか」

「死にに行くんです」という。

何を言っているんだろうと思いながらもお客のいうとおりに、山の麓《ふもと》にたどり着いた。そのまま山道を登れという。

家も外灯もない、真っ暗な道。

「ここ、自殺の名所でねえ。まわりの茂みから私を呼んでいる声がするでしょう。ほら、聞こえたでしょ？」

後部座席で客がそんなことを呟《つぶや》いている。

「なに言ってるんですか」

バックミラー越しに、客に話しかける。

突然、真っ暗闇の中から女が飛び出し、ヘッドライトが照らした。

急ブレーキを踏んだ。

女はもういない。

「ほらね、見えたでしょ。あの女は多分、自殺して二日も経ってないはずですよ。じゃあ、僕もこの辺で。行ってきます」

Iさんがルームミラー越しにシートを見ると、客がいない。

気がつくと車の左右に人の列が現れていた。彼らはゆっくりと山道を登っている。

皆の目は一点を見つめていて生気がない。その中に、先ほどまで後ろに座っていた男もいた。

あまりの恐怖にそこからどうやって下りたのかは覚えていない。

警察にはなにも話していない。話すことで自分自身が、現実として受け止めることになる。そう思っただけで怖いという。

第十七話　運転手のひと言

以前お笑い芸人をしていたNさんが、長年つき合っていた彼女と別れた。

それもクリスマス・イヴの日に。その日、待ち合わせをした新宿駅《しんじゅく》に、彼女はボサボサ頭にすすけたスウェットを着て、いつものコンタクトではなく眼鏡姿で現れた。

いきなり彼女に別れ話を切り出された。雑踏行きから駅のコンコースで、大声で罵《のの》しられた。身に覚えのない、彼女の怒り。

一方的に責められながら、こいつの眼鏡姿、初めて見るなあ、しかし人間て、こんな怖い顔になるんだ……、そんなことが頭を巡っていた。

「もういい、どうでもいいわ」と言い残して彼女は去った。

そのときの彼女の形相は、引いてしまうほど恐ろしかったという。

十日ほどしたある夜、Nさんは汐留《しおどめ》あたりでタクシーを拾った。

しばらく進んだところで運転手がバックミラーを見ながら「いま、お兄さんの横に、人が乗ってますよ」と言った。

「えっ、俺一人だけど」

「わかっています。けれど若い女が隣にいて、怖い顔で睨《にら》んでいますよ」

Nさんはそういうことを一切信じない。また、元芸人でもある。

「運転手さん、ここですか。こうしたらその女性とキスできますか？」と誰もいない隣の空間に体を寄せたり、抱きしめる恰好をしてみた。

「やめたほうがいいですよ。凄《すご》い形相してますから」

「へえ、どんな娘？」

「もとは美人なんでしょうが、髪はボサボサで化粧っ気のない娘さんですね。眼鏡をかけています。ほら、タレントの◯◯さんに似てるというか……」

別れた彼女だ。

言葉を失っていると、運転手が言った。

「生霊は怖いですから深入りは禁物ですよ」

第十八話　峠の老人

私の体験談である。

ある年の冬、ＣＳテレビで『心霊タクシー』という番組に出演した。

内容は、私と女性芸人がタクシーに乗り、途中で客を乗せる。客は心霊体験の持ち主で、車内では体験談を語ってもらう。その後その体験をした場所へ行ってみるというもの。もちろん客は仕込みである。タクシー会社の協力を得て、実際の運転手に運転をお願いした。

夕方、制作会社に打ち合わせに来た年配の運転手に、実際に幽霊を乗せた体験があるか聞いてみた。「いやぁ、私、霊感がないというのか、そういうことにトンと無縁でしてね。仲間内では乗せた、なんて言うてる人もいるようですけど」と頭を掻《か》いている。

暗くなってからロケが開始された。この日は、真冬の京都市とその近辺を巡ることになっている。

私と女性芸人がタクシーの後部座席に、運転手と助手席にはカメラを持ったディレクターが乗り込んだ。車内のあちこちに小型カメラが仕掛けてある。

いくつか幽霊が現れたという場所を巡り、夜中に東山《ひがしやま》ドライブウェイにさしかかった。

ここで、ディレクターの携帯電話に後続の車両から連絡が入った。

「遅れているので停車して待っていてください」

後続車は大型のワゴン車で、仕込みの客、制作進行やアシスタントディレクターたちが乗っている。

私の乗るタクシーは、路肩につけてエンジンを止めた。

車窓から外を覗《のぞ》いた。外灯はない。漆黒の闇が支配している。

「こんな夜中に大変ですなあ」と運転手が言った。

「えっ、なにがですか？」

「いま、そこ。自転車に乗ったおじいさんが通ったんで。大変やなあ、こんな時間までと思ってね」

「どこですか」

「どこて、さっき真横を通り過ぎて行きましたやん。ランニングシャツに麦わら帽子のおじいさんで、無灯火の自転車に乗った……」

そんな人は見かけていない。そもそもここは自動車専用道路である。自転車は通れない。それにいまは一月だ。いくらなんでもランニング姿は似つかわしくない。

「でもね、急に暗闇から無灯火の自転車が現れて。おかしいなとは思ったんですよ。で、じっと観察してたら、真横を通って後方に消えたんです。サイドミラーで確認もしました。荷台には箱がのせてあって鍬《くわ》やら鋤《すき》やらを積んであったんで、農作業の帰りやねんなって」

私も車窓から外を見ていたのだ。もし通ったのなら気がつくはず。隣の女性芸人はコンパクトを開けて顔にはたいている。一応聞いてみたが、気がつかなかったようだ。助手席のディレクターも見ていないという。

運転手は首をかしげた。

そこに追いついた後続車からスタッフが駆け寄ってきた。

「君たち、自転車に乗ったおじいさん見てないか？」

この道は一本道である。自転車が後方に消えたというのなら、後続車も自転車に乗ったおじいさんを見るはずだ。

スタッフは「やっぱり。実はさっき、出演者の一人が、ランニングシャツに麦わら帽子のおじいさんを見たって、ちょっとした騒ぎになりまして」

それを聞いて運転手さんは「じゃあ、私は、見ちゃったんでしょうか？」と青ざめた。

第十九話　仕置場

大阪府と兵庫《ひょうご》県の県境に、妙見山《みょうけんさん》という山があり、そこに仕置場跡という地元では有名な霊スポットが存在している。ここでは昔、罪人の首を切り落としたという逸話が残っているが、確かなことはわからない。

ただ〝史跡仕置場〟と書かれた立て札や、供養塔の立つ小屋などは実際にある。

専門学校生のN君たち四人が、真夜中の仕置場にドライブで立ち寄った。もちろんその目的は、肝だめしである。

車を降りて、四人は手をつなぎながら暗闇の供養塔へと向かった。供養塔に着くと、Sさんという女性がさかんに写真を撮りはじめる。

「この先に、小川があって、切られた首を洗って真っ赤に染まったそうや」

下調べをしてきたY君が、そこへ行こうと促した。

四人は手をつないだまま奥へと足を踏み入れた。

確かに小さな沢がある。

正直、N君はこういう場所は苦手である。右手をY君、左手はSさんの手をしっかり握って沢を渡った。誰かがフラッシュをたいた。

「おい、勝手に列を離れるなよ」

そう言って、はっとした。離れた場所で写真を撮っているのはSさんだ。しかし、N君の手はそのSさんの手を握っているはずなのだ。

じゃあ、この手は……。

手の肘《ひじ》から先は暗闇の中に溶け込んでいて見えない。その間にもSさんはフラッシュをたきながら写真を撮り続けている。右手にはY君。その先に懐中電灯を持ったT君がいる。

思わず左手をふりほどこうとすると、ギュッと手を握り返された。

「誰だ!」N君は、思わず声をあげた。皆の視線がN君に集まる。

しばらく間があって、悲鳴をあげながら駆け出したのはN君以外の三人だった。この瞬間、手は消えた。

N君も後を追い、車の中で合流した。

「おい、さっき俺、誰と手をつないでたんだ?」

その質問に、顔面蒼白《そうはく》の三人は答えた。

「いや、誰もいなかったよ」

第二十話　改装工事

とあるラブホテルが改装工事をした。なんだかお洒落《しゃれ》になった。

Aさんは彼氏と二人で部屋を借りた。部屋に一歩入ると、目眩《めまい》を起こしたような感覚に襲われた。

「この部屋、歪《ゆが》んでるのかな」

床を踏み直すが、そうでもない。部屋は改装したてで、壁紙にはイギリス王朝を思わせる植物の模様があしらわれている。ところが一部、壁紙が破れたところがあった。

改装したてなのに、妙な部屋だな、という気持ちがいなめない。

夜中、彼氏はいびきをかいて気持ちよさそうに寝ているが、Aさんは厭《いや》な汗をかくばかりで、なかなか寝つけない。目をつむって何度も寝返りを打っていた。

「ぎゃあ！」

突然、右の耳元で女の絶叫が聞こえた。

慌てて起きた。隣の部屋から聞こえたのだろうか。耳を澄ます。

あの絶叫はただごとではない。まるで断末魔の叫びのようだった。

「お前も見てたんやろ!」左耳で、男の怒鳴り声がした。

「きゃああ」

今度はAさんが叫び、彼氏が目を覚ました。

「どないしたんや」

彼氏が起き上がって部屋の電気を点《つ》けた。剝《は》がれた壁紙のところから、二本の手がにゅと出ている。両手は包丁を持っている。

二人は凍りついたが、手はすぐに消えさった。

「ちょっと、この部屋ヘンや」

「調べてみいひん?」

部屋に入ったとき、彼氏はマットが気になっていたという。剝がれた壁紙の近く、薄いモスグリーンの絨毯《じゅうたん》の上に白いラグマットが敷いてあり、その上にガラステーブルが置いてある。

「あのマット、なんか不自然やと思わんか」

彼氏はガラステーブルを移動させると、ラグマットを剝がした。

絨毯にはどす黒い染みが残っていた。

染みはなにかがこぼれたという跡ではなく、あきらかに飛び散っている。拭《ふ》いた跡はあるが拭ききれなかったのだろう。その先に真鍮《しんちゅう》製の帽子掛けがあり、そこにも血《けつ》痕《こん》がついているように見える。彼氏は帽子掛けを持ち上げ、土台の底を覗《のぞ》き込んだ。拭《ぬぐ》いきれなかった血のりと髪の毛がこびりついている。二人は、急いでホテルを飛び出した。

そのホテルはまたすぐに改装工事が行われて、この部屋はなくなったという。

第二十二話　接吻

Ｉさんが、女性を口説いた。

二人で渋谷《しぶや》のラブホテル街を目指した。すると、女性が「私、怪談が好きで、心霊スポットに行くのが趣味なんだ」という。Ｉさんも怪談や心霊話が大好きだった。

「霊感とかあるの？」

「うん、わりと感じるよ」

「いまから行くホテルはどうだろう？」

「いたら、私が教えてあげる」なんだか話題が妙な方向へいった。

目的のホテルに着いた。部屋のドアを開けると、この部屋には幽霊がいると彼女が言った。

普通ならば「止めよう」となるところだが、この二人は違う。

「どんなのがいるの。オレにも見れるかなあ」

Ｉさんはすっかり、幽霊に関心がいってしまい、部屋を好奇の目で見まわした。

実のところ、Ｉさんは怪談が好きでも、体験したことは一度もないのだ。

「ちょっと、いっしょにシャワー浴びようよ」

女性は、Iさんの関心ごとを自分に向けようとする。

「幽霊、どこにいそう？　ねえ、どこ」

「バスルームにいるかもよ」

二人でシャワーを浴びたが、Iさんはすぐに着替えて部屋中を見回している。

「もう。幽霊なんてどうでもいいじゃん」

バスタオルを体に巻いて出てきた女性の顔が、ぼやけて見える。

湯気のせいだろうか。Iさんは目をこすってもう一度見直してみたが、こちらへ歩み寄る彼女の顔だけがぼやけている。

Iさんの腰かけているベッドの横に、彼女が腰かけた。ギシッとベッドにその重みが伝わる。目の前で彼女が目をつむったのはわかった。

Iさんは彼女の顔に唇を近づけようとした。

そのとき。

別の女の顔が彼女とIさんの間に、ぬっと現れ、思わずその唇に接吻《せっぷん》をしてしまった。

「わっ！」

もうその顔はない。化粧の濃い妙に唇の艶《つや》っぽい女で、唇を合わせた瞬間、ニタッと笑うような表情をした。

今度は彼女の顔がはっきりと見える。だが妙だ。白目を剝《む》いている。そして上半身がぐらぐらと揺れだすと、なにかに憑《つ》かれたように回りだした。

「おい、しっかりしろ。しっかりしろ」

声をかけても、彼女の意識は戻らない。ぐるぐると揺れる上半身の動きが大きくなる。

二度、頰を叩《たた》くと女性の意識が戻り、「ここ、いるよ!」と、叫んだ。

第二十二話　ベッドのへり

Yさんは以前、風俗嬢として働いていた。

ホテルが仕事場であることが多かったが、必ず〝出る〟部屋があった。

あるラブホテルの部屋のベッドで男性にサービスしていると、足元に目がいった。

ベッドのへりに、女の顔がある。

顔の鼻から上の部分が覗いている。

悲鳴をあげそうになったが、そんなところに人がいるわけない。見間違いだと思い、一旦《いったん》目を逸《そ》らせてからもう一度見る。やっぱりいる。

「ち、ちょっと待ってください。ごめんなさい」

プレイを中断して、ベッドのへりを覗き込んでみると、誰もいない。

訝《いぶか》る客に、余計なことを言って怖がらせたくはない。Yさんはプレイを続けた。

やはり鼻から上の女がいる。ベッドはきしみ、揺れるので、そこに人がいるなら鼻から下が見え隠れしそうなものだが、奇妙なことに、その顔はベッドの揺れにピッタリ合わせるように、同じ部分しか見えないのだ。顔には表情というものがない。それが怖ろしくて、またプレイを中断した。

とうとう客を怒らせてしまった。

待機室に戻り、同僚に先ほどホテルで見たものを話した。

「三〇一号室でしょ。あそこ出るよ。みんなも見てるから」

ほかの女性たちも言いだした。

「あの部屋で殺された子がいるって噂もあるみたいだし」

「まぁ、みんな事情があってこういう仕事してるんだから、いろいろあるのよ。なるべくあの部屋は避けたほうがいいよ」

後日、同じラブホテルの三〇一号室で仕事が入った。

嫌だな、と思いながらYさんは一計を案じた。ラブホテルのベッドは大きいので、頭と足を逆にしてもわからないだろう。いつもの位置を変えたのである。

プレイ中に、客の悲鳴があがった。

「ベッドのへりに女がいた」と男性客が真っ青な顔をして言う。

「鼻から上だけの気色悪い女だ」

「いるわけないよ。じゃ、私が代わったげる」仕方なく位置を変えると、やっぱりいた。

「ごめん。私にも見えるわ」

「気が萎《な》えたなあ。まだ時間早いけど今日は出ようか」

客にそう言われ、時間を延長して一緒にビールを飲みに行ったという。

第二十三話　水死体

和歌山《わかやま》県で漁師をしている男性から聞いた話である。

漁からの帰り、仲間が海に浮かんでいる水死体を見つけた。あたりは暗くなりかけていたが、仰向《あおむ》けに浮く男性だとわかる。ほっておくわけにはいかない。

水死体を発見したら、引き揚げて、陸に持って帰るのが漁師のルールである。死体めがけてロープを投げた。

水しぶきが上がる。

「あれ？」

死体にかかっていない。狙いを定め、もう一度ロープを投じたが、結果は同じだった。

まるでロープが死体をすり抜けているようだ。

「そんなアホな、俺にやらせろ」船長が腕まくりして、死体をめがけてロープを投げる。

ロープは死体をすり抜けて水しぶきを上げる。

「……幽霊や」

船長のひと言でエンジンを全開にし、港に直行した。仰向けになった死体は、ずっと船の横についてきていた。乗組員は全員手を合わせて必死にお経を唱えた。港の防波堤を越えた頃、死体は見えなくなったという。

第二十四話　ふとん

Kさんという釣り好きの男性がいる。Kさんがいつも行くM川で釣りをしていた。

急に腐臭が鼻をついた。

「一体、なんの臭いだ」

そのとき、目の前の川の中から、お経が聞こえてきた。

あたりを見回してみると、流れに逆らうように、下流から布団が向かってくる。

なにかが包まれている、と直感した。

Kさんは釣り糸を投げて、少しずつ布団を岸にたぐり寄せた。

中からは、中年女性の腐乱死体が出てきた。

第二十五話　かかった獲物

五年前、Mさんが琵琶湖《びわこ》にブラックバスを釣りにいった。

朝の六時から釣り糸を垂れているが、まったくかからない。

雄琴《おごと》の近くに水門がある。そこに釣り仲間が来ていると連絡があったので、Mさんも移動した。

水門のあたりは水深もあって、よく釣れるスポットだと聞いている。

ルアーを投げては巻き上げる。何度くり返しても一向に釣れない。

もう一度投げた。するとルアーを投じた先の湖面に三十センチほどの黒い影が近づいてくるのが見えた。

「よし、来た」

焦りは禁物だ。ゆっくりと食いつくのを待った。やがて黒い影が潜ったかと思うと、手元に感触が伝わった。

急いでリールを巻く。ところがまったく手ごたえがない。

「なんだ。ゴミでも引っかかったか？」

糸を巻き上げて釣り竿《ざお》を上げると、両手でしっかりと針をつかんだ人形が浮かび上がったのだ。

パニックになっていると、近くの釣り人が鋏《はさみ》で糸を切ってくれた。

「俺も見てたけど、確かにあれは自ら移動していて食いついた。誰でも魚やと思うわ」と気味悪がった。

泥まみれになった、金髪で青目の西洋人形だったという。

第二十六話　磯釣り

Kさんはプロの釣り師である。毎年秋から冬にかけては、三重《みえ》県の某海岸へメジナ釣りに出かけるという。

「また今年も頼むわ」

毎年お世話になっている船頭に挨拶《あいさつ》し、Kさんと船頭しか知らない穴場へと向かう。無人の小さな離れ島だ。

ところが、到着すると先客がいた。中年の男だ。

こちらに背を向け、岸の岩場に座っている。

なんや船頭、ここは誰にも教えんという約束やったのに。

船頭はそんなことは意にも介さず「連絡くれたら迎えに来るわ。ビール欲しかったらもってこよか」と言って、帰った。

不満だが、準備にとりかかった。

日は暮れかかり、遠くの灯台の光がこちらにやってきては、遠ざかってゆく。灯台の光が男を照らしたとき、赤いフィッシング・ジャケットを着ていることに気がついた。去年のモデルのもので高級品だ。よほどの釣り好きだなとKさんは察した。ところが、ジャケットから水滴が落ちている。

この寒いのに、どうしたんや。

近くに寄って、声をかけてみた。

「お一人ですか？」

男は背を向けたまま「ええ」とだけ答えた。

「いつからここに？」

「だいぶ前です」

「えらい濡《ぬ》れてるみたいですけど、波をかぶったんですか」

Kさんは男が気になって、隣に座った。胸にピンオンリールをつけているのがわかった。これも高級品メーカーのものだ。

「タオル、貸しましょうか」

「いいえ、大丈夫です」

なんや、愛想のないやっちゃな。Kさんは心の中で毒づき、自分の持ち場で釣りをはじめた。

灯台の明かりがあたるたび、男から水が滴っているのがわかる。それにしても、あの男は先ほどから同じ姿勢で、ほとんど動かない。

あたりが暗くなると、彼は人ではないように思えて、怖くなってきた。携帯電話で船頭を呼び出し、早めに引き上げることにした。

帰りの船中、船頭に男の話をした。

「Kさん以外に人なんているはずがない。幽霊でも見たのとちがいますか」と言われて、いよいよそんな気になってきた。

陸に着いて、船頭さんの事務所のストーブにあたりながら、部屋を見回していると、思わず声が出た。壁に飾ってある引き伸ばされた写真。大きなメジナを持ち上げて満面に笑みを浮かべている男がいる。赤いフィッシング・ジャケット、胸にピンオンリール。

「この男や。この男がさっきまで、あそこにいてたんや」

船頭さんは「それやったら、やっぱりKさん、幽霊見たんやな」と言う。

「あの人、去年あそこで大きな波に持って行かれたみたいでな、岩場にあのピンオンリールがついた赤いフィッシング・ジャケットだけ、残ってたんや」

第二十七話　深夜の工事現場

Mさんが、工事の測量会社に就職した。入社間もない、六月のこと。

上司から急な夜勤を頼まれた。いまやっている仕事が終わると事務所で少しだけ寝て、すぐに別の現場に直行という、ハードな仕事である。

仮眠が終わって準備をしていると、同期のOさんが事務所に戻ってきた。

「おっ、夜勤？」

「M高速のリフレッシュ工事や」

「ほなら、A所長か。あの人、人使い荒いから気をつけることやな」

A所長は人使いが荒く、口も乱暴だとは聞いていたが、仕事は初めてだ。

「覚悟できてるわ」

そう言い残して、先輩のSさんと二人で現場に向かった。

現場の事務所に着いたのは夜の九時。

「仕事は十時からや。ちょっと早いから待っといてくれるか。眠たないか」

A所長はいろいろと気を遣ってくれて、缶コーヒーもくれた。

そして十時、M高速を全面通行止めにして、作業がはじまった。約三百メートルほどのアスファルトが剝《は》がされる。MさんとSさんはその範囲や高さを計測するのである。

真っ暗で静まり返った高速道路。Mさんは、赤外線を反射させるミラーを持って五メートル刻みで移動することを求められたが「おい、まっすぐ持て!」と計測器を読むSさんに怒鳴られる。

「暗くて無理です」

すると、「大変やなあ。わしが懐中電灯で照らしたるから、しっかりやってくれ」と、A所長が姿を現し、足元を照らしてくれた。そして「O君とは同期やそうやな」と話しかけてきた。

A所長に助けてもらって、午前二時には作業を終えることができた。

「お疲れさん、データはいつ見られる?」

「それはS先輩に聞いてください。僕にはわからないので」

「そうか」と言うと、A所長はSさんの方へ歩いて行った。

帰りの車で、Sさんと話をした。

「A所長って、噂と違っててええ人ですね」

「そやな。計測中、ずっと懐中電灯で俺の手元照らしてくれてたんやで」

「えっ、それ僕ですよ。所長、ずっと僕の足元照らしてくれてたんですから」

「そんなはずない。俺、機械持って懐中電灯も持って、おまけに手帳に書き込まなあかんねん。困ったなあと思ってると、所長が『大変やなあ』とか言って、背中越しに俺の手元に懐中電灯照らしてくれてたんや。それもずっとや」

計測作業をしていたのは二人だけだった。最初は懐中電灯もなく、暗闇の中で作業をしていた。そして所長が来て懐中電灯で照らしてくれたとき、確かに百メートルほど離れたSさんのところからも、懐中電灯の光が見えたのだ。Sさんの両手は塞《ふさ》がっていたということは……。

後日、Mさんは A所長にそれとなく聞いてみた。

「わしが？　そんなわけないがな。ずっと事務所おったし」

ただ、あの現場で話した相手は確かにA所長で、話の内容もA所長でしか成り立たないものであったという。

第二十八話　振動

Mさんがある縦貫道路の工事現場へ派遣されたときのこと。

トンネル工事の振動が大きい。

さっそくご近所からクレームがあった。「工事の振動のせいで食器棚の食器が落ちて割れたり、壁にひびが入ったりする。ただちに工事を中止して弁償しろ」という。

けれど工事現場からその家まで二キロはある。

現場関係者がその家に赴き、工事とは無関係だと説明するが、先方も譲らない。地盤が繋《つな》がっているから響くのだという。いずれにせよ工事がはじまる前には、このようなことは起こらなかったらしい。

役所から工事の一旦《いったん》中止命令があり、原因を調べてみることになった。
A、B、Cの三地点で、振動騒音調査を行う。
まずはA地点。車でA地点に向かい、現場で機材を降ろしていると、同僚のNさんがなにかに気がついた。

「ここ、C地点ですよ」

「ほんまや。ナビはA地点に設定してたよな」

仕方がない。先にC地点を調査した。

「次こそはA地点に行こう」

車でA地点を目指し、到着した場所はB地点だった。

疑問を抱きながらもB地点の調査をし終えた。最後にA地点に向かう。ところがC地点に戻ってしまった。

なぜかA地点に行けない。結局調査することができず、その日は丸一日、工事が止まったままだった。

翌日、夜のあいだにトンネルの天井が抜け落ちたという報告があった。もしも昨日、無事に検査を終えて作業を再開していたら、十数名が生き埋めになるところだった。

「A地点に行けんでよかったがな」

その日は午前中にA地点に行くことができて、調査は完了した。

ところがA地点での調査時に、人が隊列を組んで行進をするような足音がずっと聞こえていた。音は振動測定器にもしっかりと記録されていたのだ。

その記録をそのまま役所に提出し報告すると、担当者に怒鳴られた。しかし何度測定しても同じ結果が出るのだ。

そこで某大学の音声鑑定科で分析してもらったが、やはり結果は「複数の人の足音です」と断言されたのである。

結局、クレームのあった家に出向いたものの説明に困ったらしい。ともかく工事は中断せざるをえなかった。

「ところで、その家の食器棚から食器が落ちるということですが、どんな様子なんですか？」とMさんが担当者に聞いてみた。

「実はな、棚から食器が落ちたというレベルじゃない。食器棚のガラス戸は粉々に割れて、木端微塵《こっぱみじん》になった食器が部屋中に散乱していた。まるでポルターガイスト現象のあとのようだったわ」

第二十九話　付け届け

老舗《しにせ》ホテルのリニューアル工事がはじまった。Sさんは若いながらも工事責任者となった。ホテルには各設備を管理している部署があって、その責任者から図面を出してもらったり、カギを借りたりするのをスムーズに行うのもSさんの仕事である。そうなると、アイスクリームや菓子を持って、いわゆる毎日の〝付け届け〟を忘れないということが重要な心がけとなる。

あるとき、夜間の作業が続くことになった。その場を管理している責任者にカギを借りに行く。地下二階に広いボイラー室と機械室がある。昼間は七、八人いる作業員も、夜には三人がいるだけ。夜勤で朝まで働く作業員である。その作業場を抜けて管理人室へと通う。もちろん管理人と三人の作業員への付け届けは欠かさない。

あるとき管理人から、「いつも差し入れてくれるのはありがたいんだけどさ、どうして一人分多いんだ？」と言われた。

「ボイラー室に一人と、機械室に二人、三人でしょ。泊まりの方」

「いや、うちは泊まりは二人だよ」

「え、いつも三人いますよね」

それ以上逆らっても得はない。自分が勘違いしていたことにした。しかし、いつも三人いるのは確かなことだ。

翌日も地下二階に入った。作業している人を確認した。やっぱり三人いる。ただ、いつもボイラー室の隅で作業をしている作業服の男が気になった。彼が着ているクリーム色の作業服が古い型のように思う。

翌日もクリーム色の作業服の男がいた。顔を見てやろうと注意深く観察した。

「あっ」

顔のパーツがほとんど見えない。そういえば全身が少し透けている。毎日、その男はボイラー室の隅にいて同じ作業をしていた。別の場所で見ることはない。もしかして、彼は幽霊なのかもしれない。現場を混乱させてはいけないので、誰にも言わずにいた。

二ヶ月ほどして、工事が終わった。

ホテルの担当者たちと慰労会と称して焼肉を食べに行った。Sさんは酒の勢いもあって、ボイラー室の幽霊話を切り出してみた。

「なんだ、キミも見てたのか」と職人が言う。

「クリーム色の作業服着た人だろ」

何人かの職人も気づいていたけれど、あえて言わなかったと話しはじめた。

「ボイラー室で誰か死んでませんか?」ホテルに古くからいるという者に聞いてみた。

「いいえ」

「そんなことないだろうよ、これだけの人数が見ているんだからさ」職人たちも言いだす。

あまり職人たちが食い下がるので、係の者がしぶしぶ白状した。

「五年前、電気の設備で感電事故があって、ボイラー室で一人死んでるんだ。実は、私も見てたんだよね、ずっと。彼、自分が死んだことに気づいていないらしくてな」

ホテルはリニューアルしてもボイラー室は変わっていない。クリーム色の作業服を着た男は、今日もそこで作業をしているらしい。

第三十話　経文

Sさんが、阪神《はんしん》・淡路《あわじ》大震災で被災したショッピングセンター復興工事に携わったときのこと。

地下の工事現場で停電があったと報告を受けた。

Sさんは懐中電灯と脚立をもって、ある場所に走った。天井の点検口の中に設置された分電盤を見るためである。

点検口を開けて懐中電灯を照らすと、分電盤はなく、その代わりに点検口いっぱいの大きさの、真っ白く涼しげな女の顔があった。

声も出ず、ゆっくり脚立を降りると、そのまま走って逃げた。

工事を請け負っている工務店に直訴すると、「あんた、いまさらなにを言うてんねん。そんなもん、しょっちゅう出るがな」と言われた。

昨日の有線工事でも、天井上で職人が錫杖《しゃくじょう》の音を聞いたという報告があったそうだ。

次の日、古くからこのショッピングセンターの管理をしているという担当者にも聞くと、なに食わぬ顔で〝出る〟と言われた。

「実はね、幽霊が出るようになったのは、震災後のことなんですよ。Sさん、知ってるでしょ？　天井裏に物凄《ものすご》い数の塩ビのパイプが針金で巻かれて置いてあるの」

知っている。一体なにかと思って点検してみると、塩ビのパイプの中からおびただしい数の経文が出てきた。

「このビルは震災のときに、エレベーターが二つ落ちるほどの被害を受けましてね。なのに震災後、ここのオーナーがすぐに店をオープンしなさい、と言うのでひとまず突貫工事したんですよ。そのとき、天井裏にあったような経文の入ったパイプが、地下や壁の中からいっぱい出てきたんですが、なにも知らない職人がどんどん捨てたんです。残ったのが、いま天井裏にある分だけでしてね。それからです。幽霊が出るようになったのは」

経文は、誰がどういう目的で用意したものなのか。

「さあ、それはわかりません。でもなにかを封印してたんでしょう。昔、このあたりは遊郭街だったと聞いてますし」

あっ、あの女の顔の白さは、厚く塗った白粉《おしろい》だったんだ。

二人で話し込んでいるところに、看板設置にきた三人の職人がやってきて、「こんなとこで、工事できるか」と担当者に詰め寄っている。

「ちょっと、なにがあったんですか」

「なにがあったもないわ。えらいもんが出たんや」

そう言い残して帰ってしまった。なにが出たのかは聞けなかった。

第三十一話　一一〇二号室

　Aさんの勤めるアパレル会社が、恒例の夏の研修会を行った。

　博多《はかた》のGホテルを借り切り、二日間行うというのも恒例だった。研修会の進行役にチーフのAさんが抜擢《ばってき》された。昨年、進行役を務めたT先輩にいろいろ説明や注意を受ける。

　T先輩の部屋でひと通りの説明を聞いた後、Aさんが部屋を出ようとすると「待て、大事なこと忘れてた」と呼び止められた。

「当日はホテルを借り切ってるから、どの部屋を使っても自由だけど、一一〇二号室だけは使うなよ」

「どうしてです？」

「出るんだよ、コレ」と、T先輩は両手で幽霊のしぐさをした。

「俺のときは、前任者がそれ言うの忘れてて、おかげで見ちゃったんだ。冗談だと思うならそこで寝てみな。でも、俺は知らんからな」

　Aさんは興味が湧いてきて、一一〇二号室を自分の部屋に割り当てた。そんなものいない、という気持ちもあった。

研修一日目が無事に終了した。宴会の後片づけを終えて、深夜一時にようやく部屋に戻れた。明日《あした》もある。シャワーを浴びて寝ようとした。ところが眠れない。なんだか厭《いや》な感じに襲われている。T先輩の言葉を、どこかで気にしているのかもしれない。ビールを飲んで酔ってしまおう。冷蔵庫から缶ビールをとり出し、何本も飲み干すが、それでも厭な感じは治まらない。

そうだ、ここは十一階だ。博多の夜景を見て気分を落ち着かせよう。

窓のカーテンを開けた。

少女と目が合った。

窓の外に女の子がいる。禿頭《かむろあたま》で、赤い着物の幼い少女。手には毬《まり》を持っている。

すぐにカーテンを閉めた。なんであんなところに少女がいるんだ。浮いてるのか。ここ、十一階だぞ。

再びカーテンを開ける勇気はない。電気を点《つ》けたままベッドに潜り込み、目をつむるが、どこからともなく、毬をつく音が部屋の中で響きだした。少女がうたう童謡のような声も聞こえてきた。

「もうだめだ」そのまま部屋を出て、T先輩の部屋をノックした。

「だから言ったろ。毯ついてた？」

Aさんは、うなずくしかなかった。

第三十二話　カゴメ唄

漫画家のMさんの話である。

彼女は高校の頃、広島《ひろしま》県S女子高の演劇部に在籍していたという。入部すると、学校の伝統行事として木下順二《きのしたじゅんじ》の『夕鶴』を一年生部員だけで公演することになっている。Mさんも役をもらった。

誰よりも上手《うま》く演じたい。その思いで早朝一番に登校し、講堂の裏で一人だけの発声練習を毎朝続けることを自分に課した。

ところがどんなに早く登校しても、どこからともなく、カゴメ唄をうたう子供たちの声が聞こえてくる。劇中にカゴメ唄をうたう場面がある。だから私よりも早くきて練習をしている生徒たちがいるのだろうと思った。しかし、それにしては更衣室に誰かが入った形跡もないし、講堂も閉まっている。そもそも、声がどこからしているのか、方向や距離感がさっぱりつかめない。

やがて同級生や先輩たちが登校してきて、講堂が開けられる。

誰がうたっているのだろう？

あるとき、先輩に相談してみると、「ああ、まあ気にしないでいいから」とそっけなく言われたのだ。

第三十三話　相手役

Mさんが、講堂のステージに上がって、一人でセリフの練習をする機会があった。

「与《よ》ひょう」と相手の名前を呼んだ。次の与ひょうのセリフが返ってきた。

あれ？　あたりを見回したが、相手役の子はおろか、近くには誰もいない。

練習中にセリフを忘れたりすると背後から小さな声で教えてくれる人がいるが、振り返っても誰もいない。

そんなことがMさんのみならず、同級生たちのあいだで、頻繁に起こっているのだ。先輩たちは「まぁ、慣れるよ」などと言っている。きっと先輩たちも同じ体験をしているのに違いない。

「ここに長いこと棲《す》みついている幽霊たちは、セリフを覚えちゃったんじゃない？」

同級生たちはそんなことを言いだすようになり、二、三ヶ月もしたら、そういうことが当たり前になってきたという。

第三十四話　黒い子

　ある日、講堂のステージで全体練習をした。突然電気が全部消えて、講堂が真っ暗になった。

「どうしたの？　停電？」

　闇の中で顧問の先生が照明係に大声で問いかける。けれど、返事がない。

「おい、照明！」

　Mさんはこのとき、闇のステージの下手《しもて》の袖《そで》にいた。自分の真正面に闇よりも黒い人影が立っている、という考えが頭をよぎった。いや、見えるのだ。こちらに背を向けて立ち、自分の胸までの背の高さの少女。ざわっと鳥肌がたった。

　しばらくして電気が点いた。目の前に少女はいなかった。しかし、鳥肌はおさまらない。

　やがて照明室から声がした。

「照明室、誰もいませんでした」

「誰もいないのに、なんで照明が消えたんだ」

「わかりません。でも停電やメイン電源が落ちたわけではないと思います」

「なぜだ」顧問の先生の問いかけに、照明係は答えた。

「だって、BGMは流れていましたから」


顧問の先生は五十代の女教師で、以前は短い鞭《むち》のようなものを持っていて、生徒を叱るときに使っていたというが、その厳しさはいまも変わらない。

練習中に「わあああ」という、大勢が叫ぶ声がステージの奥に沸き起こって、講堂中に広がったかと思うと、「うわぁん」と響いてかき消えた、ということがあった。練習をしていた部員たちは耳を塞《ふさ》いで床にしゃがみこみ、音が消えると、悲鳴があがってパニックになった。

そこに顧問の先生がやってきて「なにを騒いでるの！」と一喝した。

「お化けがいます」

生徒が口々に言うと「バカ言いなさんな。そんなものがいるなら、ここに連れてきてちょうだい」とまるで信じない。

ある日、先生が客席からステージでのリハーサルを見ていた。

演技をしている一人の部員の様子が、突然おかしくなった。彼女は、下手《しもて》の舞台袖を見たきり声が出なくなったのだ。ちょうど、上手《かみて》の舞台袖でスタンバイしていたM

さんは、下手側の袖に、影のように黒い子供がいることに気がついた。声が出なくなった部員は、明らかに、影の子供を見て狼狽《ろうばい》しているのだ。いつか私の前に立っていたあの少女だ、とMさんは直感した。すると「あの子、また出たね」と、先輩たちがひそひそ話しているのが聞こえた。

「あの子、昼間見たことある？」

「ある。真っ赤だった」

「だから闇の中では、一層黒く見えるのよ」

会話を聞いて、一層恐ろしくなった。同時に、あれを見ていたのは自分だけではないことがわかった。そのとき顧問の先生が人影に気がついて「ちょっと、下手に誰かいるわね。出てきなさい。そこにいるのは誰なの」と大きな声をだした。

影は、ごそごそと袖の暗幕の中に潜ろうとする。

下手袖にスタンバイしていた先輩が、暗幕に近づき、広げてみたが誰もいなかった。

「いまのは誰？　小学生くらいの子だったようだけど。ここは部外者の立ち入りは禁止です。捕まえて早くここに連れてきなさい」

先生は怒っているが、「あれがお化けなんです」とは、誰も言えなかったという。

第三十五話　消えた手

日常的に怪異に遭遇していたMさんも、どうしても理解しがたいものを見たという。

二年生のとき。三年生の引退公演が終わって、Mさんたちが演劇部を引き継ぐことになった。

「みんな、後を頼むよ」「いい思い出、ありがとう」

「先輩、ありがとうございました」「お世話になりました」

更衣室で、先輩後輩が抱き合い、握手をしていると、「みんな、早く逃げて。危ないから、早く逃げて」と大声があがった。A先輩だ。

「早く、早く、私から離れて！」

そう言われても、なんのことだかわからない。うろたえながら見ていると、ついにA先輩が暴れだした。

暴れているというより、自分自身で自分の体が制御できていない様子だ。狭い更衣室の中を飛び跳ねて、体をあちこちに打ちつけ、ロッカーをへこまし、置いてある小道具を壊し、衣装箱をひっくり返し、姿見を倒す。

更衣室に悲鳴が響き渡った。一方、助けようと近寄る者もいる。

「大丈夫ですか、先輩！」

「寄るな。寄ると、怪我するよ」

先輩の意識ははっきりしているようだ。しかし体は人間離れした動きをやめない。

A先輩の体には、あちこちに痣《あざ》ができ、血もにじんできた。

K先輩とF先輩が、後ろから抱きつき、なんとか止めようとするが、凄《すご》い力で振り落とされた。

「やばいよ。私の中に、なにかがいるみたい」

A先輩は叫びながら壁で肩をしたたか打って、動きが止まった。

その場にいた全員、凍りついている。

A先輩は立ち上がると、皆に謝りながらうなだれている。

「今日はもう帰ろう。みんな一緒に集団下校しよう」

先輩たちに促されて帰り支度をした。

生徒用玄関で靴を履きかえていると、すすり泣く声が聞こえてきた。

「だれ？」

「一年のYです」という後輩たちの声がする。

Yさんが下駄《げた》箱の前にへたりこみ、泣きじゃくっている。

「もうやめて。お願いだからやめて」

声がいつものYさんのものではない。幼い子供の声だ。

皆がYさんを心配そうに取り囲んでいると、「また来た！」というA先輩の叫び声がした。

続いて「手が！」という声。

A先輩が着ている長袖《ながそで》のブラウスの中にある左手が、みるみるぺしゃんこになっている。先輩は廊下にへたりこみ、自分の左手とみんなを交互に見ながら、叫んでいる。

袖から出ている手首から先はなんともない。だが、手首から肘《ひじ》の間がぺしゃんこになって、ブラウスだけを残して消失している。手首だけが、置き物か作り物のようにブラウスの先端にある。

「なにが起こっているんですか……」

「私にはわからない。でも、みんなも見てるよね、私の錯覚じゃないよね」

A先輩は消失した左手を見ながら、ただ茫然《ぼうぜん》としている。

「私の左手、なくなった……」

静まり返る玄関で、「もう許してあげて、もう許してあげて」というYさんの泣き声だけが響いている。

少し経って、A先輩のブラウスがぼわっと膨らみ、元の手に戻った。

A先輩は卒業後、地元で就職した。その後なにかあったわけではない。あのとき見たものが、一連の出来事と関連性のあるものなのか、偶然奇妙なことが重なっただけなのか、いまもってわからない。ただ、それ以来、身の回りに少々妙なことが起こっても動じなくなったという。

第三十六話　新入生

Mさんが三年生になって、新入生が演劇部に入ってきた。

今年も『夕鶴』の公演を行う。

練習をしていると、新入部員が慌てながら、やってきた。

「先輩、早朝に練習していたら、誰もいないのに唄《うた》が聞こえてくるんです」

「まあ、気にしないでいいから」

そう、そっけなく返した自分がいた。

第三十七話　新居祝い

Kさんはもともと新聞記者だった人である。

以前、友人が家を買ったというので、新居祝いに泊まりに行ったという。そのときの話だ。

新築祝いでなく、新居祝いだったのは、中古の家をリフォームしたものらしく、友人はそれを承知して買ったというのである。

Kさんが友人宅の居間で飲んでいると、なんだが気になることがあった。

居間と廊下を仕切った襖《ふすま》がなぜかいつも少し開いていて、人が廊下を通るのが一瞬見える。そしてそのまま、奥にある階段をミシミシ上がる音がして、上がりきったところに洗面所でもあるのか、キュッと水道のコックが開くと、顔か手などを洗い、うがいをする音が聞こえてくる。そんなことが何度か繰り返しある。

「お前んち、何人家族だっけ」

「嫁と俺と、子供二人やけど」

奥さんはキッチンにいる。中学生と高校生の二人の男の子は奥の部屋にいる。それは間違いない。

「二階には、誰が住んでんの」

「二階？　うち、そんなんないで」

「さっきから廊下を通って、階段上がってんの、誰や」

「お前、酔ってんな」

今度は階段を下りる音がして、廊下にさしかかると襖のすきまを人影が通った。老女のように見えた。今度は玄関に行って、ごそごそと音がすると、玄関の引き戸が閉まる音がした。

Kさんは襖を開けると、廊下に出た。

「階段どこや？」

「そんなんないって。この家、平屋建てやぞ」

Kさんは思い出した。この家に入るとき、二階建てのええ家やなと見上げながら、玄関のチャイムを押したのだ。間違いない。日も暮れかけていて、二階の窓から電気の明かりも漏れていた。

「アホ。だったら表出て見てみ」

そう言われて表に出ると、なるほど平屋建てだ。

しかし、廊下を通る人影や階段を上がって洗面所でうがいをする音も、間違いなく見たし、聞いている。

その日Kさんは、友人宅で一泊させてもらった。

翌朝、友人の長男に「この家、うるさくないか」と聞いてみた。彼は大学受験生で、いつも部屋に籠《こ》もって勉強している。

「実は隣の家がうるさいんですよ。特に階段を上り下りする音が響いて」

「生活音はするか？　テレビの音とか、話し声とか」

「それは聞こえたことないですねえ」

Kさんはそれ以上は言わないでおこうと思った。人の家のことだ。余計なお節介だ。

しかし元新聞記者としての性《さが》か、原因をつきとめずにはいられない。

この家を売ったという不動産屋に行き、事情を話すと「やっぱり出ましたか」と言う。

「あの家はもともと二階建てだったんですよ」

最初は老夫婦が住んでいた。夫は二階で寝たきりで、妻はその看病に追われていたらしいが、二人はほぼ同時に亡くなった。次に四人家族が越してくるというので、二階の部屋を子供部屋にリフォームした。すると夫を介護する妻の生活する音だけが残っていたらしく、一家はそれを気持ち悪がってすぐ引き払った。そこで、次の買い手がつくまでに二階を取っ払って平屋にしたという。

「ちゃんとお祓《はら》いして、その後しばらくは怪しいことも起こらなかったんですけどね」

不動産屋は首をひねっていた。

第三十八話　安い部屋

不動産屋に勤めるUさんという男性から聞いた話。

ある日、いかにも水商売風のいでたちをしたフィリピン人の女性が来店した。

「安ィ部屋、探シテイル」

Uさんが対応し、予算を訊《たず》ねた。

「トニカク安イノガイイ。安イノ探シテル」の一点張り。

店長に相談すると、ある物件を示した。

「いいんですか？」

「説明はしとけよ」

女性に紹介した物件は、半月ほど前、惨殺事件があったマンションだった。ニュースにも流れて、おそらく当分は誰も借りないと思われる。いわゆる事故物件で、もちろん格安だ。こういう場合、客への告知義務があるので、そこでなにがあったのかを正直に話した。

「私、気ニシナイ。大丈夫」

外国の人は、気にならないものなのかな、とUさんは思いつつ、店長に報告して鍵《かぎ》を預かり、物件を案内することになった。

マンションの五階。玄関のドアを開けて、女性を中へと案内する。

昼間なのに寒気がする。カーテンを開いて太陽光を部屋に入れる。

「広クテイイネ。気ニ入ッタ。イクラ?」と女性は平気なようだ。

店に帰って契約をとり交わす。今日からでも住みたいというので、管理人に連絡を入れ、鍵を持って帰ってもらった。

翌日の朝いちばんに、目を真っ赤に腫《は》らせたフィリピン人女性が、鍵を返しにきた。

「アソコ、ダメ。アソコ、ダメ。トンデモナイ」

なにがあったのかは聞いていないそうだ。

第三十九話　雨やどり

ある夏の夜遅く、Mさんという OLが会社からの帰り道を急いでいた。

駅から自宅まで、十五分ほどの距離。ところが途中、小雨が降りだした。

傘は持っていない。けれど、もう少しで家に着く。雨の中を急いでいると、本降りになってきて、髪とスーツを濡《ぬ》らす。

シャッターを閉めた居酒屋があり、店舗用のテントが目に入った。

あそこで雨宿りをしよう。

慌ててテントの下に入ったら、先客がいた。黒っぽいトレンチコートを着た、肩までの髪を束ねた若い女性。コートの女性とMさんは、テントの端と端で雨宿りをしている。

雨がテントにあたってパラパラと音をさせているが、その音より大きな水音が聞こえてくる。水音がする方向を見ると、どうも女性のトレンチコートから聞こえてくるのだ。ただし、女性の髪やコートが濡れている、というわけでもない。

なんの音だろう。横目でちらちらとコートの女性を観察していた。

「あっ」

コートの袖口《そでぐち》から水がぼたぼたっと出てきて、それがコンクリートの地面に落ち、ぴちゃぴちゃ、という音をさせているのだ。その水量は、降っている雨よりもだんだんと多くなっている。

ぴちゃぴちゃぴちゃ……。

やがて、大量の水がザァーと、トレンチコートの中から湧き出るように流れ出した。足元を見ると、女性は裸足《はだし》だった。裸足の足元にはすごい水たまりができていて、水がMさんの方へと流れている。水をよけるため、下を見ながら足の踏み場を探していると、急に水が増えて、Mさんの足元の水たまりはどんどん増えている。

再びコートの女性を見た。女性の体が崩れて、トレンチコートがドサッと地面に落ちた。

女性はもういない。

「なに、これ！」

Mさんは怖くなり、雨の中を駆け出し、家まで走った。

翌朝、会社に行く途中に居酒屋の前を通った。夏の太陽が照らすコンクリートの地面には、まだ水たまりが残っていたが、トレンチコートはなくなっていた。

第四十話　キケン信号

Nさんは若い頃、夜な夜な彼女の家の前に車を乗り付けては電話で呼び出し、車の中でよからぬことをする、ということをやっていた。

その当時、携帯電話はなかったので、彼女の家の近くにある公衆電話から呼び出す。ワンコールで切って、それを合図に彼女が出てくる、という約束である。

公衆電話は、山の麓《ふもと》にびっしりと建っている住宅地から横道に入り、山道に入った場所に一つだけある。だからいつも、まず山道に入って電話ボックスからワンコールして、再び下りてゆく、という面倒なことを繰り返していた。

仕事を終えた夜、車で彼女の家へ向かっていた。住宅街の横道に入り、山道を登っていくと電話ボックスが見えてきた。

すると、Nさんはなぜか総毛立った。

いつもなら、ここに車を停めて、電話ボックスに入る。ところが「停まるな!」と、自分の体の中のなにかが警告しているのを感じるのだ。

狭い山道、スピードは出せない。しかし「危険、危険」という信号が、体中を駆け巡り、アクセルを踏み込むことを要求している。

Nさんはアクセルを踏み込むと、道なりに猛スピードで走らせた。停まるな、という警告はまだ消えない。

後ろからなにかが来ている。そんな気配がある。

思い切ってサイドミラーを見た。火の玉のようなものが飛んでくるのが見えた。

火の玉ではない。生首だ。

生首が四つ、炎のような尾を引いて、車を追いかけている。

アクセルを緩めるわけにはいかない。

とても狭い道で、ここをスピードを出して走ること自体が、事故につながりそうで危ない。それをわかっていながらも、アクセルを踏み込んでいないと安心できないのだ。

生首は車との距離を徐々に縮めてきている。

もう、どこを走っているのかわからない。脇道に入った覚えはないので、道なりに二十分ほど走ったはずだ。ふと、後ろの気配が消えた。

ヘッドライトが目の前に広がる砂利を照らし出した。

そこで車を停めた。

後ろにはなにもいない。心の警告もやんでいる。

「いまの、なんやったんや」

車を降りてあたりを見渡すと、朱塗りの鳥居がある。神社だ。

ここは神社の境内で、知らずに車で乗り入れてしまっていたのだ。

先ほどまでとは打って変わって安堵《あんど》感がある。

神様が守ってくださったのかもしれない。

「ありがとうございました。また後日、お礼に上がります」

手を合わせて誓うと、この日はそのまま家に帰った。

後日、約束通り神社を参拝しに向かった。

夜は怖いので昼間に行ったのだが、あのとき走った一本道を走ってみても、いくら探しても神社は見つからなかったそうだ。

第四十一話　キラキラ光る

いまはOLをしているSさんは、中学生時代の夏休みによく祖母の家に泊まりに行った。

白塗りの壁に囲まれた大きな家で、その日はうだるような暑い日だったという。

家の者はみんな買い物に、弟は虫捕りに出かけ、Sさんと祖母の二人だけは、二階で昼寝をしていた。

田舎の家は、クーラーより扇風機が涼しい。窓を開け放ち、風を受けた風鈴がチリチリと鳴っている。ただ、昨晩夜更かししたせいか、なかなか眠れない。隣の祖母はゆっくりと寝息をたてている。

「のど渇いた」

独り言を呟《つぶや》きながら、Sさんは一階に下りた。和室を通り抜けて台所へと入る。冷蔵庫を開けて、冷たい麦茶を取り出し、ガラスコップに注ぐと、のどに流し込んだ。

そのとき、ゴトッと和室から音がした。

うん？

和室を覗《のぞ》いてみるがなにもない。麦茶を飲み干し、また二階へ上がろうと和室の中に入った。あれ……。

部屋中がなんだかキラキラと光っている。埃《ほこり》が舞って、そこに太陽の光が当たっているのだ。そのまま通り抜けて階段を上ろうとしたら、またゴトッという音がした。

なにかいる。

怖い気持ちもあったが、夏の昼下がりである。お化けなんていない。そう言い聞かせて和室に戻った。十畳の広い部屋。埃がキラキラと舞っている。突然、なにかが顔にかかった。見ると、髪の毛の束だった。

見上げると、天井板が外れていて、そこから髪の毛が出ていた。その先に、真っ白い女の顔があった。女の長い髪の毛がここまで垂れ下がっているのだ。

ゴトゴトッ。天井から音がしたかと思うと、女がにゅっと半身を乗り出した。

「ぎゃあ」

固まっていたSさんは我に返り、あわてて階段を上がって、祖母を起こした。「おばあちゃん、下に誰かおる」

「誰かって、お客さんか」

「そんなんちゃう」

ともかく一緒に階段を下り、祖母に和室の様子を見てもらった。Sさんは階段の下で待っていた。

「なにもおらんやないか」

「天井見て。おるやろ」

見上げた祖母が、「天井板外したん、お前か」と聞いてきた。

「お化けや。お化けがおったんや」

「アホ言いな。あれ、直しときや」

「イヤや。うち、怖い」

「おばあちゃんに脚立乗らせるつもりか。さあ、埃が落ちてきてるがな。はよはよ」

しぶしぶ机の上に脚立を立てた。Sさんはおそるおそる脚立を上がり、天井板に手をかけて元に戻そうとした。

ゴトッ、と奥で音がした。

ちらりと天井裏を見て血の気が引いた。天井裏にお札がいっぱい貼ってあったのだ。

翌年、またおばあちゃんの家に行った。

昨年外れた天井板に、新しいお札が一枚貼ってあった。

第四十二話　サトル君

ファミコンがゲームの主流だった頃のこと。

K君の家に、同級生のM君が遊びにきて、テレビゲームに興じていた。

押入れからゲームソフトが入った箱を取り出すと、買った覚えのないソフトがあった。ソフトの裏には〝サトル〟とマジックで書いてある。

「サトル？　誰や」K君は首をひねった。名前を見ても思い出せない。

ともかくプレイしようとするが、画面が映らない。何度やり直しても同じだ。

家のインターホンが鳴った。

K君がモニターを見ると、詰襟の学生服を着た中学生くらいの少年がいた。しっかり学帽をかぶり、丸顔に眼鏡が印象的だ。

「知らない奴だ。誰やろ」

K君たちは無視してゲームを続けることにした。

「ところでなんでこれ、プレイできないんや」再びソフトを差し込もうとすると、またインターホンが鳴りだした。何度も鳴り続けている。

K君は仕方なくインターホンの受話器をとり、「誰?」と聞いた。

「ヤマギシサトルです」

初めて聞く名前だ。少年は名前を言ったきり黙っているので、そのままインターホンを切った。

「誰だって?」

「ヤマギシサトルやて」

M君がソフトに書かれた名前を凝視している。「この子じゃない?」

「そんなバカな。第一、そんな名前、覚えない」

なんだか妙だ。胸騒ぎがする。

二人はその後、クラスメートや友人に電話をかけて、ヤマギシサトルに関する情報を得ようとした。

何人かに電話したが、みんなは知らないという。最後にN君という友人に電話した。

「あっ、知ってる」

ついに知り合いを発見した。中学生のときに通っていた塾に、同じ名前の友達がいたという。

「ゲームのやりとり、せんかった?」

「ゲーム? ああっ、『高橋名人の冒険島』。貸りた覚えある」

「……そのゲーム、いま、俺のところにあんねんけど」

「そうだった……」ずいぶん前にN君からゲームを借りて、あまり遊ばないまま忘れていたのだ。つまりN君は、サトル君から借りた物を、K君に又貸ししたのだった。

「サトル君、今日俺んとこ来た」

「えっ、知り合いなん？」

「全然、名前聞くのもはじめて」

「ちょっと待て。ほんとにそいつ俺の知ってるヤマギシか？　どんな奴やった」

K君は、N君に訪問者の容姿を詳しく説明した。

「おおっ、ヤマギシや。間違いない」

いや、おかしい。

もしもN君と同期ならば、サトル君は高校二年生になる。しかし、どう見ても、先ほどの少年は中学生くらいにしか見えなかった。さらに、なぜK君の家を知っていたのか。いずれにせよN君から、サトル君に連絡してもらうことにした。

「よしわかった。久しぶりに連絡してみるわ」

しばらくしてN君から連絡があった。

サトル君の家に電話してみると、母親が出たそうだ。

そして、サトル君は中学三年になった春に交通事故で亡くなったと知らされた。

後にK君がN君の家に遊びに行ったとき、塾で撮ったという写真を見せてもらった。N君たちと一緒に笑顔で写っているサトル君は、まさに家のインターホンで見た通りだったという。

第四十三話　二階への誘い

N君とO君、二人は大学の映画研究会に属している。

ホラー映画を二人で制作したとき、実際に怖い映像を撮影して、作品の中で使いたいとN君が言いだした。

「なら、あそこに行こうぜ。出るという噂あるじゃん」

地元で心霊スポットとして有名な廃旅館がある。二人は、真夜中に忍び込んだ。

N君は照明係、O君はビデオカメラを持って、無人の館《やかた》を探索した。

なぜか人の気配がする。

「なんか、人、いねえ？」「いるよな、なんか……」

しかしいるはずがない。ここは山の中で、一ヶ所しかない駐車場には二人が停めた車以外になにもなかった。そして、人がいるなら必ず明かりがあるはずだ。しかし、濃厚な気配だけがする。

二階だ。そこから違和感が漂う。

「もう、出ようか」

N君が言った途端、大きな音が鳴った。一瞬、体が硬直したが、N君の携帯電話の呼び出し音だった。

「びっくりしたあ。俺のケータイだった」「おどかすなよ」

電話に出ようとしたN君は、表示を見て固まった。

「O、お前からだ」

表示を見せられた。確かにO君の名前が表示されている。呼び出し音はまだ鳴っている。

「お前、ケータイ、持ってる？」「ケータイ……、あっ、車の中に忘れた」

N君は、電話に出てみた。

「二階へおいで」

女の声。

「うわあ」

夢中で旅館を出た。二人は一目散に駐車場めがけて走った。

だが車が見えると同時に足が止まった。暗闇の駐車場に車は一台しかない。しかも、O君の電話は、車の中に置いてある。

また電話の呼び出し音が鳴る。今度も、O君からという表示。

「おいおい……、ヤバイよこれ」

意を決して、N君は電話に出た。

「二階へ来ないの？」

驚いて、背後の廃旅館を振り返ると、二階の窓にうっすらと光った真っ白い人影が一つ、こちらを見て、手招きしていた。

第四十四話　バスルーム

ＯＬになりたてのＮ子さんは、都内のマンションで一人暮らしをしていた。

ある日、残業があって、タクシーで帰った。もう深夜の二時になろうとしている。マンション備え付けのユニットバスにお湯をはり、ようやく湯船に浸《つ》かってくつろいだ。

突然、頭の上で気配がした。上を見ると、ドッジボール大の髪の毛の塊が天井にあり、くるくると回転している。その中に、女の顔がある。

慌ててＮ子さんはユニットバスから出ると、髪の毛の塊が湯船に落下した。

反射的にＮ子さんは、湯船の蓋《ふた》を閉めると、あたりにあったものを蓋の上に置いた。

「いまの、なに？」

もう一度、おそるおそるバスルームを覗《のぞ》いてみると、蓋の下から、カリカリと蓋の裏をかきむしる音がする。

もう、ここにいるのは無理だ。電話をかけまくって、泊めてくれる友達を探した。

その夜は友達の家で朝まで過ごした。

朝戻ってみると、湯船の蓋は閉まったまま。それからは怖くて、自宅のバスルームが使えなくなった。ユニットバスなのでトイレも落ち着かない。風呂《ふろ》は近くの銭湯に行くようになった。

あるとき、友人たちとの飲み会で帰りが遅くなった。時間的には夜中というより、朝に近い。服や髪についたタバコのにおいに耐えられず、どうしても風呂に入りたくなった。

銭湯は閉まっているし、こんな時間に友人に迷惑をかけたくもない。

シャワーだけなら……。

シャワーを浴びながら頭を洗いかけると、全身に鳥肌がたった。

目を開けた。

真正面に女の顔があった。

切れ長の目に、濃い艶《つや》っぽい口紅。口元が歪《ゆが》み、不気味にニッと笑っている。

バスルームに悲鳴が上がった。

N子さんは、いまも銭湯に通っている。

第四十五話　メッセージ

Fさんは心霊スポット巡りが大好きという変わった女性である。

最近、彼女は結婚した。相手は、やはり心霊スポット巡りが大好きなJさんという男性。お付き合いしているときから、二人のデートはといえば廃屋であったり墓場であったり、人知れぬ廃村だったりした。

結婚後も、二人の心霊スポット巡りは続いていた。

そんなある日、夕食の買い物をすませて台所に立ったFさんの携帯電話に、一本のメールが届いた。

送信元は旦那《だんな》。メールには、なんのメッセージもなく、一枚の写真が貼り付けてあるだけ。夕闇に浮かぶ鉄道の踏切りを写していた。どこの踏切りかはわからない。

「また、へんな場所を見つけたのね」

そう思って、携帯電話を閉じた。

仕事を終えて帰ってきたJさんと食事をしながら、「ねえねえ、あれ、どこの踏切り？」と聞いてみた。

「なにが？」

「今日、メールで写真送ってきたじゃん」

とぼけるJさんに、メールの写真を見せた。

「なんだこれ、知らないよ」

受信履歴には、Jさんの名前が記されている。

「俺、覚えてないよ。第一この時間、営業回ってたし」

「じゃあこれ送ったの、誰よ」

Jさんは自分の携帯電話を見てみたが、送信履歴には残っていなかった。

翌日、お昼を食べ終わった頃、Fさんの携帯電話にメールが入った。やはりJさんからのもので、今度は墓石の写真が一枚。このときはすぐに電話してみた。

Jさんは仕事中で、メールなど送っていないという。

それから毎日のように、写真が送られてくるようになった。時間に決まりはない。送られてくる写真は、廃病院や廃旅館、山の中の廃屋、古びた地蔵像、寂れた祠《ほこら》、一本の大木や鳥居だったりする。とにかく全部が気持ち悪いのだ。だからFさんは、メールが届くとすぐに消去していた。

ある夜、夫婦で寝ていると、Fさんの携帯電話が鳴った。メールだ。添付ファイルを開いてみると、墓場を背景にして立っている白装束の中年女性の写真だ。送信元はJさんである。

Jさんはすぐ横でいびきをかいている。

Fさんは、旦那を叩《たた》き起こした。

「ちょっと、あなた、ケータイ、どこにあるの？」

「うん……、そのへんにないか」

「またメールが来たの。今度は女の人が墓場にいる写真」

Jさんは飛び起きて、自分の携帯電話を手にした。その瞬間、電話が鳴った。

表示には、Fさんの名前。

「えっ、なんだ？」Jさんは電話に出た。

「死ねば」

一言だけで電話は切れた。

Jさんを心配そうに見ていたFさんの電話も鳴った。発信元は、Jさんからだ。

Fさんも電話に出た。

「あんたも死ねば」

どちらも女の声だった。

二人は悲鳴をあげ、パニックになった。

その後、二人は心霊スポット巡りをやめた。

第四十六話　黙禱

三年前のことである。

大阪の若手お笑い芸人たちが、梅田《うめだ》のホールでライブを行うことになった。その日は八月十五日。

「お盆はお客入らんし、なんかええ企画ないか?」と、構成作家たちが集まって、企画会議となった。

「終戦記念日か。どやろ、皆で戦没者に黙禱《もくとう》を捧《ささ》げようとするけど、誰かがボケて、なかなか黙禱ができないというコントやってみたら」

その案が通って、この日出演する芸人全員が参加することになった。

「全員、黙禱」

そう号令がかかって黙禱すると、けん玉をしだす者がいる。もう一度仕切りなおすと、歌をうたいだす者がいる。なかなか黙禱ができない。正直、芸人たちの中には「このコント、ヤバいんちがう?」「こういうおフザケはちょっと……」と抵抗はあったものの、そこはプロだ。本番となると皆でボケ倒した。ただ、最後は観客ともども、きちんと戦没者に向かって黙禱を捧げることは忘れなかった。

一年ほどして、そのコントに出ていたNさんという芸人が、常連の女性客と街でばったり出会った。

「なんか最近、来てくれてへんなあ。どうしたん」

彼女は「あんなの見たら、もう行かれへんわ」と言う。

黙禱コントをやっていたときのことだという。ステージ上で芸人たちがボケているのを見ていると、一緒に来ていた友達が「なあ、あの女の人、へんやと思わへん？」と指摘した。友人が指差すステージの隅に、女が一人で立っている。異様だった。薄汚い服を着て、長い髪で顔が隠れて、表情がわからない。明らかに出演者ではない。あんなところで一人だけ立っているというのもおかしい。

「今度は本当に黙禱しましょう。お客さんもご一緒に。戦没者のみなさん、すみませんでした」

合図とともに、ステージ上の芸人たちも客席のお客さんたちも全員起立して、黙禱を行った。しかし、この二人は黙禱に参加せず、その黒い女に目を奪われていた。

会場の全員が目をつむった瞬間、女が芸人たちの背後を走りだした。長い髪がたなびいている。すごいスピードだ。会場全体が黙禱をしている中、女は何度も何度もステージを往復し、黙禱が終わると同時にいなくなった。

「私も友達もそれ見てて。皆は目をつむってるから誰も気づいてないし。あんなん見たら、もうよう行かんわ」

彼女に言われて、Nさんは思い出した。コントが終わって楽屋に戻ったとき「後ろ走ってたヤツおるやろ、誰や」と何人かの芸人が言っていたことを。

第四十七話　ここは八階

以前、大阪の千日前《せんにちまえ》にショッピングセンターがあった。このビルの最上階は八階。ここにライブスペースが設けられていた時期がある。

その頃Iさんは二十代で、バンドを組んでいてエレキギターを担当していた。

Iさんたちのバンドは八階のライブスペースで、ライブをやることになった。自分のカッコイイところを見てもらおうと、知り合いの若い女性を二人誘った。

ところが本番でギターの弦を何度も切ってしまい、挙句の果てにはギターアンプが火を噴いて、ライブは途中で終わらざるをえなくなった。

散々なライブだった。

屋上へ通じる階段の脇に灰皿があり、Iさんは煙草を吸いながら落ち込んでいると、ライブに呼んだ二人の女性が声をかけてきた。

「じゃあ私たち、帰るわね」「Iくん、今日、よかったよ」

「来てくれてたんや。ありがと。お世辞でも嬉《うれ》しいわ」

「じゃあね。わたしら、ちょっと買い物してくるわ」

そう言って手を振ると、二人は七階へ下りる階段へと歩き出した。一緒に煙草を吸っていたベース担当のメンバーが「お前、ど派手な女と知り合いやねんな」とひやかしてくる。

確かに一人は紫色のパンツに真っ赤な色彩を基調としたデザインの上着を着ている。

「あの子、いっつもあんなカッコウやねん」

やがて二人は、階段を下りて姿が見えなくなった。すると、頭上の階段から人が下りてくる気配がする。ふと見ると、紫色のパンツが目に入った。よく見ると、さっき七階に下りていったはずの女性二人が、こちらに向かって下りてくるではないか。

「あれ?」Iさんとベースのメンバーはしばし固まった。下りてきた二人も驚いている。

「えっ、Iくん、なんで七階におるの?」

「ここ、八階や」

「うそ。七階やん」

「八階やて。見てみ、そこ、さっきのライブ会場や」

「……ほんまや」

後にこのライブスペースはギャラリーとなり、ショッピングセンターもなくなった。今は大型の家電店になっている。

第四十八話　私、お化け？

大阪のミナミと呼ばれる歓楽街に大きなレジャービルがある。大宴会場があることで有名だ。

Mさんという女性が宴会に参加することになった。酒は飲まないので車で来ていたが、宴会の場でAさんという知り合いにばったり会った。夫だという男性も紹介された。今は夫婦で岡山市《おかやま》に住んでいるらしい。今夜は新大阪《しんおおさか》のホテルに泊まって、明日《あした》帰るという。

「そしたら帰りは、ホテルまで送っていくわ。私、尼崎《あまがさき》やから」

宴会が終わると、Mさんは約束通りAさん夫婦を送ることにした。

ビル内にある駐車場に入り、Mさんの自家用車に三人が乗り込んだ。

コンコン。

いきなり運転席のサイドガラスをノックされた。見ると、少し派手な化粧をした、髪の長い、三十代半ばと思《おぼ》しき女がいた。緑色のドレスを身に着けている。

サイドガラスを開けて「なんでしょう？」と女に問いかけた。

女は頭を車の中に突っ込んで、そのまま車内に入ろうとする。そしてMさんの顔を間近で見て言った。

「私、お化け？」

Mさんは思わず悲鳴をあげた。

「私、お化け？」

もう一度そう言って、なおも無理やり車内に入り込もうとする。Mさんは女の頭を押し出してなんとか振り切り、車を発進させた。

「今の、なに？　怖っ」

ところが後部座席に座っているAさん夫婦は、きょとんとしている。どうやら、二人にはあの女が見えなかったらしい。

「ほら、まだいてるやん」

バックミラー越しに、さっきの場所に女が立っているのを見て、ゾッとした。

駐車場は長いスロープ状になっていて、走り出すと女はすぐに見えなくなった。ビルを出て、迂回《うかい》をしながらようやく千日前通りに出た。するとすぐに赤信号で停車した。

夜遅い時間だが、まだ人通りのある歓楽街である。横断歩道を大勢の人が渡りだす。その中に、あの女がいた。横断歩道を渡ろうともせず、立ち止まってじっとこちらを見ている。そして、にやりと笑った。青信号に変わり、Mさんはアクセルを踏み込んだ。だが、次もまた赤信号につかまった。車が停まるたびに歩道を見ると、こちらを見ている女がいる。Mさんと目が合うと、口元を歪《ゆが》めて笑う。

新大阪のホテルにAさん夫婦を送り届けるまで延々とこれが続いたが、ひとりになって尼崎市へ向かう道には、女は出なかった。

「私、お化け？」という言葉と、運転席まで顔を入れてきた女は、夢にまで出て、Mさんは何度も飛び起きた。

翌朝、Aさんから電話があった。

「昨夜、駐車場でヘンな女を見たって言ってたよね。それって……」

Aさんが昨夜の女の姿、恰好《かっこう》を話す。

「そう、その女！」

Aさんも見たという。ホテルで寝ていると急に寒気に襲われて目が覚めた。目の前にその女がいた。

「私、お化け？」と、真っ白い顔を近づけてきた。気絶したのか、その後の記憶がない。

朝起きると夫が「昨夜、妙な女がいて、私、お化け？　と聞かれた」と言って、真っ青な顔をしていた。やはり、緑色のドレスを着ていたという。

第四十九話　中座の風呂

江戸時代、大阪の千日前という場所は大きな墓地であり、処刑場や焼き場のある寂しい場所であった。そのすぐ北側に道頓堀川《どうとんぼり》が東西に流れていて、川に沿って道頓堀筋が通っている。千日前墓所に近いこの土地は、幕府によって歓楽街として開発され、道頓堀筋の南側には文楽や上方歌舞伎を生んだ芝居小屋が建った。いつしか賑《にぎ》やかな場所になり、特に〝中《なか》の芝居〟は大阪名物となった。中の芝居とは中座《なかざ》のことである。

昭和の後期、中座は藤山寛美《ふじやまかんび》率いる松竹新喜劇のホームグラウンドになっていた。

その頃の話である。

中座の地下に風呂《ふろ》場があった。そんなに大きくはないが、芝居がはねた（終わった）後、劇団員たちが使ったという。

ある日、芝居の後に寛美さんが一人、湯船に浸《つ》かっていた。するとあたりがだんだん薄暗くなった。

「なんや？」

突然体が動かなくなった。同時に凄《すご》い耳鳴りがする。

するとると南側の壁から黒い影がぬっと入ってきた。一つや二つではない。次から次へと黒い影が風呂場に入ってくる。そしていつの間にか、湯船に桶《おけ》を入れたり、湯をかけたりする音があちこちから聞こえだした。黒い影も動いている。よく見ると、男女入り乱れ、みな髷《まげ》を結い、長襦袢《ながじゅばん》姿の女もいる。

「あっ、この壁の方角って千日前や。そこから来てるわ」

しばらくすると、それらはフェードアウトするようにだんだん消えていき、やがていつもの風呂場に戻った。寛美さんの体も動けるようになった。

「わあ、わし、えらいもん見た」

さっそく寛美さんは、今あったことを弟子に話したのである。

第五十話　照明係のゲンさん

中座の照明係にゲンさんという男がいた。藤山寛美さんが主演を張る新喜劇の照明を長年担当している大ベテランだ。ところが大の酒好きがたたったのか、五十代半ばで肝硬変を患い入院し、そのまま亡くなった。

家族や親族の見守る中で息を引きとったのだ。

そこへ、手に一升瓶を持った寛美さんが姿を現した。家族や親族のみならず、医者や看護師も驚いた。

「ゲンさん、間に合わんかったか」

寛美さんはそう言うと、ゲンさんが横たわっているベッドに腰かけた。

「今日な、あんたが好きやった酒、持ってきたんや。今日は一緒に飲もうな」

そう言うと、ゲンさんの遺体を抱き起こし、その口の中に酒を流し込んだ。

「二十五年間、ほんまご苦労やったな。お疲れさん、ありがとう」

今度は、自分も酒を呑《の》む。亡くなって間もないこともあったのだろう、やがてゲンさんの顔が赤らんできた。ゲンさんが松竹新喜劇の大看板、藤山寛美と二人で酒を酌み交わしている。

その場にいた全員が涙を流して見守っていた。

ある日、ゲンさんの遺族に松竹新喜劇の招待券が送られてきた。

「ゲンさんを偲《しの》んで、御家族皆様で観にきてください」と寛美さんの手紙も添えてあった。皆は喜んで出かけた。

緞帳《どんちょう》が開き、いよいよ藤山寛美主演の松竹新喜劇がはじまった。

ところが途中で、いきなり場内が真っ暗になった。そして藤山寛美さんにピンスポットの照明が照らされた。

「ゲンさんか。おおきに、二十五年間ほんま、ようやってくれた。おおきに」

寛美さんは、ピンスポットを当てている照明さんに向かって、そんなことを言いだした。

演出だ、観客のみんなはそう思った。拍手が起こった。

遺族たちは、寛美さんがここまでしてくれている、そう思ってまた涙した。

しかし、舞台袖《そで》で観ていたスタッフは、これは変だと直感した。

この舞台は暗転にピンスポットという演出はない。事前に聞いてもいない。

一人のスタッフが照明室に行ってみた。照明係の人たちは廊下で煙草を吸っていた。

「お前らなにしてんねん」

「なにって、ここはしばらく照明はそのままやから」

「あほ！　暗転になってピンスポ当たってんで」

慌てて照明室を見てみると、誰もいないのに、ピンスポット用のライトが、寛美さんに合わせて動いていた。

第五十一話　夜の楽屋

道頓堀に浪花座《なにわざ》という劇場があった。映画館だった時期もあったが、日本一のマンモス寄席といわれた角座《かどざ》の閉鎖に伴い、浪花座が松竹芸能の芸人たちのホームグラウンドになった。漫才、落語、コントやマジックなどが毎日披露される寄席である。浪花座が入っているビルには、松竹芸能の若手芸人の養成学校もあった。今は中堅漫才師として活躍するWさんが、その養成学校に通っていた二十年ほど前のこと。

Wさんはいつも夜遅くまで残ってネタの稽古《けいこ》をしていた。だが、気になることがあった。

トイレに行くのがなんだか怖い。廊下に出て、L字型に曲がっている先がトイレなのだが、廊下はいつも電気が消えている。スイッチを押すと一応電気は点《つ》く。それも薄暗く、奥の方の電気は、その先にあるもう一つのスイッチを押さないと点かない。

ある夜、Wさんがトイレに行くために廊下を歩いていた。ちょうどL字型になっている正面がベテラン芸人の楽屋である。その前を通りかかると、ペロン、と三味線の音が聞こえた。そのままWさんはトイレに入った。その帰り、再び楽屋の前を通ると、ペロン、とまた三味線が鳴った。

誰かいてはるのかなあ。

しかし楽屋には鍵《かぎ》もかかっているし、電気も点いていない。教室に戻って残っていた仲間たちに、楽屋で三味線が鳴ったことを告げた。

「誰もいてはらへんで」

「でも聞いた」

興味が湧いた皆は、楽屋の前に行ってみた。やはり鍵はかかっていて電気も消えている。確かに誰もいない。そこに守衛がやって来た。「もうみんな帰って、残ってんのあんたらだけや。はよ帰り帰り」と言われて帰宅を促された。

翌朝、Wさんはテレビのニュースを見て思わず声をあげた。

松竹芸能の大ベテラン、女性浪曲漫才トリオ、フラワーショウのリーダー華《はな》ぼたん師匠が琵琶湖で入水《じゅすい》したという。三味線が鳴ったのが、ちょうどその頃だったのだ。

後日知ったところによると、あの楽屋には、華ぼたん師匠の愛用の三味線が置いてあったのだった。

第五十二話　叩く音

私は、不定期ながらもオールナイトのトークライブを大阪を中心に行っている。怪談のみならず、ゲストを招いて古代史やオカルトについて語るイベントである。会場は一九九九年に閉鎖された中座跡に建てられた、ビルの地下にある小さなホールを使わせてもらっている。寛美さんが黒い影を見たという風呂場《ふろ》も、このあたりにあったはずだ。

このホールではしばしば奇妙なことが起こるのだ。

タレントの北野誠《きたのまこと》さんをゲストに呼び、怪談特集を行った。

怪談トークが盛り上がったとき、急に北野さんが話を止め、同時に司会の女の子が悲鳴をあげたことがあった。

「今、足元からコンコン、って音がした。下に誰かおる」と誠さん。

「私も聞きました。そっちへ移動しましたよね」

「人が拳《こぶし》で叩く音や。こっち行った」

すると前の席のお客たちも、「確かに聞こえた」「奥へ移動した」とか騒ぎだした。

私はなにも聞いていないし、感じてもいない。一人とり残された恰好《かっこう》になった。舞台が終わった後、スタッフのN君が言う。

「僕は心霊なんてまったく信じません。でも、音は聞こえました。というか音がした瞬間、舞台に振動が伝わったのを、肘《ひじ》ではっきり感じました」

舞台は何十個という箱馬を組んだものなので、舞台袖は段差が生じている。N君はここに肘を乗せて聞いていたというのだ。また、そんな舞台下に人は入れない。

このとき、別のスタッフが携帯電話で写真を一枚撮っていた。

影のような男が手前にいて、舞台に上がろうとしている写真が撮影された。

第五十三話　盛り砂

今、私はお笑い芸人のガリガリガリクソンさんからいただいた情報で、ある村に伝わる祟《たた》りについて追跡調査をしている。取材の途中なのでその詳細は書けないが、村に潜入してかなりビデオ撮影もした。祟りの発生するという家の調査のために、村の共同墓地にも真夜中に潜入した。

土葬の残る墓地で、いずれの墓石の前にも乾いた砂を敷いたスペースが設けられていた。

去年の夏、トークイベントでその村への潜入レポートの映像を公開した。イベントにはガリクソンさんも参加していた。共同墓地に潜入したときのビデオも上映したが、誰もいないはずの真っ暗な墓地に、ざわざわとした人の衣擦《きぬず》れや赤子の泣き声らしき音などが録音されていた。

だが、トークイベントそのものは何も起こらず、無事終えた。

早朝、夜を徹してのイベントが終わり、いつもの通り撤収作業を行った。会場にゴミひとつ残しては帰れない。

ところがその日の昼ごろ、スタッフのN君にホールの担当者から電話があった。

「Nさん、砂はダメでしょう、砂は」

「砂？　なんのことですか？」

「舞台で砂を使ったでしょう。それ、聞いてませんから。使った砂はちゃんと掃除しておいてください」

N君には、なんのことだかわからない。イベント中に砂などは使っていないし、いつも入念に掃除してチェックをしている。そう伝えても、担当者は怒気をはらむ声でクレームを続けている。

我々が使った後、ホールの担当者が中に入ると、舞台の上に乾いた砂がばらまかれていたらしい。特に下手側には、砂が盛ってあったという。ガリクソンさんが座っていた椅子があった場所のようだ。

私もその砂を見てみたかったが、ホールのスタッフによって掃きとられ、ゴミ箱に捨てられていた。

第五十四話　ロケ現場

　Kさんという役者から聞いた話である。

　道頓堀で映画のロケがあった。道頓堀のある飲食店を借り切って撮影をした。撮影に使わない部屋は控え室となり、待機している役者たちが詰めていた。

　ある朝。Kさんは主役のSさんらと控え室で準備をしていると、「おはようございます」と一人の若い女性が入ってきた。Sさん専属のIさんというメイク担当者だ。

「おはようさん」

　Sさんはメイク担当者に声をかけると、そのまま部屋の隅に用意された鏡の前に陣どった。しばらくして、「あれ？」というSさんの声が聞こえた。

「うちのメイクさん、どこ行った？」とつっ立っている。

「どこって、今、一緒じゃなかったんですか」Kさんが答える。

　Sさんはきょろきょろとあたりを見回している。

「おはようございます」

　見慣れない女性が控え室に入ってきた。

「私、今日からSさんの担当をいたします、メイクのTと申します。よろしくお願いします」ぺこりと頭をさげた。

「え？　もうメイクさん来てるよ。いつものIさん」とSさん。

「事務所から言われてきたんですけど、Iさんが昨夜自殺したそうで、急遽《きゅうきょ》、私が担当させていただくことになったんです……」

一同は驚いた。無理もない、ここにいた全員がたった今、挨拶《あいさつ》をして入ってくるIさんを見ている。

するとSさんの表情が蒼白《そうはく》となった。

Iさんが部屋に入り、鏡の前の椅子にSさんが座ると、頭をスーッと一櫛《くし》当てられた、という。そのとき、息もかかった。Iさんはそのまま消えてしまったそうだ。

第五十五話　二つの時計

大阪に落語会がよく開催される小屋がある。

客席からは目立たないが、舞台から見ると、二階席の壁正面に同じ形の時計が二つ、並んで掛かっている。その針は当然、同じ時間をさしているので、二つある意味がわからない。

実はこの小屋ができた当初、舞台の上手《かみて》の壁に時計が一つだけ掛かっていたのだ。

落語の上演時間は十五分、二十分と各落語家さんに配分してある。ベテランの落語家はそんなことはないが、前座だと時計を見なければ時間きっかりに終わらせることができない。だから演者から見えるために、時計を壁に掛けたというわけである。

ところが、演者がちらちらと時計を気にしているのが客席からわかってしまう場合がある。

「おい若手、時計見てるのまるわかりやで。なんとかしたりいな」

客席からのクレームも多く寄せられた。支配人は考えて、下手《しもて》の壁にも時計を掛けた。落語は上下《かみしも》を振り分けながら演じる芸なので、「これならわかれへんやろ」というわけである。

ある夏。客の入りが少ないので怪談噺《ばなし》特集をした。

最初の落語家が一席うかがった。下手、上手の時計の針は当然同じ時間を指している。ところが、下手の時計の針がゆっくり動いているようで、二つの時計に時間差が生じてきた。

どっちがほんまの時間やろ？

演じながら、そんなことを考えていると、やがて下手の時計がピタリと止まった。

落語を終えて楽屋に戻ると、次の出番の先輩に下手の時計が止まっていることを伝えた。

出番が終わって楽屋に戻ってきた先輩も首をひねっている。

「時計、止まってましたやろ」

「いや。どっちも正常に動いとったで。けどなあ、だんだん下手の時計が遅れだして、しまいに止まったんや」

三番手の落語家も同じことを言う。

止まっていた下手の時計は、次の出番のはじめには上手の時計と同じ時間をさしている。それがだんだんと遅れて、しまいに止まる。そして、次の演者が高座に上がると元に戻っている。

この現象は、怪談噺を特集したときのみ起こるという。

演者たちから気味が悪いという苦情が集まった。だから、上下に離れてあった二つの時計を、いまは正面に並べて掛けているのである。

第五十六話　二階席の観客

これもある夏の落語会での話である。

客の入りが少ないので、二階席を塞《ふさ》いだ。

「鍵《かぎ》をかけているので、誰も入れません」と劇場の支配人が言う。

ところが、高座を終えて楽屋に戻ってきた落語家は「二階席に人いてるやん。最前列の手摺《てす》りに、頰杖《ほおづえ》して観てる人おったで」と言う。

つづいてJ師匠が高座を務めた。

確かにいる。最前列のコンクリートの手摺りに、両手を重ねて、その上に顔をのっけてこちらを観ている人がいる。J師匠は目が悪いのでどのような人物なのかまではわからないが、二階席の最前列に誰かがいたのは確かにわかった。

「やっぱり入れてるやん」

それを聞いた支配人は、あくまでも入れてないと言い張る。鍵をかけた扉の前には、資材が入った箱を置いて、通れなくしているらしい。

「入ってるって。見たもの。左端の最前列にいるお客さん」

支配人は楽屋を飛び出して、二階席を確認したが、誰もいなかったという。

ちょうどいままで高座を務めていた師匠が楽屋に戻ってきた。

「おった、おった。けど、人間違うで」

「ええっ、どういうことですか？」

「両手を重ねた上に顔をのせてるんやない。コンクリートの手摺りの上に、直《じか》に首だけがのってるんや」

第五十七話　茶袋

Kさんは、霊感は一切ない。幽霊を見たこともなく、信じてもいないと豪語する。けれど、一度だけ不思議な体験をしたことがあるという。

彼はH県の出身。実家には裏山があり、幼い頃から山で遊び、慣れ親しんでいた。ところがなぜか、一度だけ道に迷ったことがある。

中学二年生のとき、植物採集にと裏山に入ったが、気がつくと見知らぬ森の中にいた。

あれ、ここどこだ？

そんなに大きな山ではない。下ればどこかに着くだろうと思って、足を進めるがどんどん森は深くなる。そのうち日も暮れだした。

焦った。せめて、人でもいないか。

不安な思いで歩を進めていると、森の中に妙なものを見つけた。

茶色い巾着《きんちゃく》袋のようなものが、ぶらんと、ぶら下がっている。

あっ、助かった。人がここまで分け入っている証拠だ。

そのまま袋をやり過ごし、まっすぐ進む。しばらくして同じ風景が現れた。

あの袋が、目の前にぶら下がっているのだ。

戻ってきた？

このときはじめて、この袋はなんだろうという気持ちが起こった。

こぶし大の汚い茶色の袋。中になにが入っているのか、口が細い紐《ひも》で結ばれており、紐は高い場所からぶら下げてある。紐を伝って上を見ると、鬱蒼《うっそう》とした木々の枝葉と暗くなりかけている空に溶け込んで、どこに括《くく》りつけられているのかわからない。ただ、相当高い場所からぶら下がっているのは確かなようだ。

ちょっと袋の中を見てみたい誘惑もあったが、それよりも早く森から出るのが先決だ。先ほどとは別の方向へと歩を進めた。すると、すぐに車の行き交う国道に出た。

あれ、なんでこんなところに？

国道の向かいに、Kさんの家と裏山があったのだ。

ちなみに、今野《こんの》圓輔《えんすけ》著『日本怪談集　妖怪《ようかい》篇』に、この話とよく似た「茶袋」という怪異が紹介されている。

第五十八話　一反木綿

芸人のHさんが、九州《きゅうしゅう》の実家に帰っていたときのこと。

鹿児島《かごしま》県の某村の秋祭りでカラオケ大会の司会をすることになった。

カラオケ大会は、昼過ぎには終わってしまった。駅まで距離があるので、主催者からタクシーチケットをもらった。

携帯電話で電車の時間を調べると、あと一時間は電車がない。

秋の爽《さわ》やかな空気を感じる田園の風景を眺め、駅までのんびりと歩いてゆくことに決めた。

Hさんはスケッチが趣味で、いつも鞄《かばん》の中にスケッチブックを忍ばせている。神社の狛犬《こまいぬ》やお地蔵さんを見つけては、それをスケッチするのだ。

歩いていると、向こうの山裾《やますそ》に鳥居が見える。鳥居をめざして、田んぼ道に入った。

すると、バタバタバタバタッとなにかがはためく音が聞こえた。

音のした方を見ると、スーパーでもらうビニール袋と思《おぼ》しきものが、音をさせて、くるくると空を飛んでいたのだ。

ああ、ビニールの袋か。けど、風ないなあ。落ちてけえへんなあ。はためく音も異様に大きいなあ。

なんだか奇妙なものに思えてきた。周囲を見回すと、少し離れた場所で農作業をしているおじさんがいる。

「いま、あそこにね……」

指差そうとしたら、消えている。音もない。

「ビニール袋みたいなものが風もないのに、凄《すご》い音させて飛んでたんですけど……」

「ああ、それ一反木綿《いったんもめん》や」

間髪を容《い》れずにそう言われた。

「兄ちゃん、気いつけや。あれな、ぼんやりしてたら襲ってきて、顔に張りつきよる。剝《は》がそうとしても剝がれへん。それでやっと剝がしたら、全然知らん土地に立っとるんや」

そう言って、またおじさんは農作業に戻った。

第五十九話　禁断の山道

Jさんの故郷はあまりに田舎すぎて、ほとんど友達もいなかったという。

また、毎朝そうとう早く起きて、夜も明けないうちに家を出ないと遅刻してしまうほど、小学校も遠かったのだ。

ある朝、寝坊したので近道を通ろうと、通学路から脇道へ入り、山を越える林道を歩いた。一人でこの道を通ったことはないが、おそらく学校へ行く時間は、山越えすることによって大幅に短縮できるはずだ。ただし、これまで通学に使ったことはなかった。

「この道は、なにがあっても、絶対に一人で通ったらあかん」と両親や祖父にきつく言われていた道だった。

しかしいまは、遅刻しそうなのだ。黙っていれば気づかれないだろう。そう思いながら、草木の生い茂る獣道を、ランドセルを背負って登ってゆく。

朝の光を浴びながら、山道を踏みしめていると、前方から話し声が聞こえてきた。

Jさんは耳をすませた。誰かが話している。声音がかん高くて内容はわからない。

子供の声のようだ。やがて草木をかきわけながらこちらに進んでくる気配がした。

ついに、声の主と鉢合わせとなった。

二人組で小学二年生くらいの、おそらくは少年だった。おそらく、というのは、顔が緑色で目がらんらんと光っており、全身裸で緑色。黒い斑点《はんてん》があちこちにある。

これは、人間？　それとも……。Jさんは声を失って立ち尽くした。

相手の二人組も、Jさんを見たまま、驚いた顔をして立ち尽くしている。

やがて「わぎゃう」と、妙な声を発し、来た道を猛スピードで走り去ってしまった。とても人間とは思えない速さだ。Jさんは恐ろしくなって、急いで引き返した。

結局、いつもの通学路を通ることになったので、随分と遅れて学校に着いた。

学校を終え帰宅すると、祖父に呼ばれ、「お前、あの道通ったやろ」と聞かれた。なぜバレてしまったのかわからないが、烈火のごとく怒られたのである。

祖父に山道で出会ったモノの正体を訊《たず》ねてみたら、「そんなものはおらん」と、余計に叱られた。

第六十話　お囃子

もう、何十年も前のことである。

ライターのKさんがまだ、幼かった頃の夏休み。

広島県のある村の祖父の家で過ごした。

その日も日中は蒸すような暑さだったが、夕立が降ると、過ごしやすくなった。Kさんが縁側に座って涼んでいたら、祖父が庭に出てきた。「花火やろうか」と言う。

「うん、やろやろ」とKさんは縁側から庭に下りた。すると、遠くから音が聞こえる。

ピー、カン、ドン、シャーン、チャチャチャチャ、ドーン。

ピー、カン、ドン、シャーン、チャチャチャチャ、ドーン。

賑《にぎ》やかなお囃子が、山の方から聞こえてきた。

笛、鉦《かね》、太鼓、鈴……、いろいろな鳴り物で編成されている、大がかりなものだ。

垣根越しに山を見た。山の峠道を、松明《たいまつ》を持った四、五十人ほどの大人が行列を成して歩いている。お囃子は、あそこから聞こえる。

「ばあさん、ばあさん、ちょっと来てみ、珍しいもんが出た」祖父が祖母を大慌てで呼ぶ。顔を出した祖母も「ああ、ほんに。珍しいのう」と目を細めて、行列を見ている。

黄昏時《たそがれ》の夏山に現れた幻想的な風景に、三人はしばし見とれていたが、Kさんは疑問に思った。

「なあ、じいちゃん。なんであの人ら、懐中電灯じゃなくて松明を持っとるんじゃ？」

「よう見い。ありゃ、松明じゃありゃせんぞ」

オレンジ色に光る明かりが、ゆらゆら揺れている。それで松明だと思った。だが、よく見ると、松明を持つ人の姿がない。明かりだけが列を作って、峠道をぷかぷか浮きながら、進んでいるのだ。

ピー、カン、ドン、シャーン、チャチャチャチャチャ、ドーン。

お囃子はまだ聞こえている。

あの峠道は、普段は車が行き交うバイパス道路のはずだ。祭りで交通規制でもされているのか？

「じいちゃん。ほんならあれは、なんのお祭りや」

「お祭りと違う。ありゃ、狐の嫁入りじゃ」

やがてその明かりは、道から外れて山の斜面を登りだした。このとき、行列は二列だったことがわかった。それがずんずん山を登り、中腹のあたりで、先頭から順に一つ一つ消えていく。同時にお囃子の音もだんだん小さくなり、最後の一つが消えると、音も聞こえなくなったのである。

道路には、もう車が行き交っている。

「何十年ぶりじゃろうのう」

祖父と祖母は、しばらく感慨に耽《ふけ》っていたという。

第六十一話　天王寺のむじな

大阪天王寺《てんのうじ》区に、漫才師のSさんがよく行くうどん屋がある。

そこの女将《おかみ》さんが体験した話である。

夕方、電話で出前の注文があった。初めて注文をくれた家なので、住所と名前をメモに書いた。出前には女将さん自ら行った。

住所としては近くなのだが、見たことがない街並みだ。電話で聞いたとおり行くが、「こんなところにこんな道が？」という感じで、見知らぬ場所に入り込んでしまったのだ。メモを確認しながら探していると、平屋建ての長屋を発見した。

表札を見ると、どうやらこの家で間違いない。ブザーを鳴らしてみた。返事がない。

「こんちは。出前です。誰かおられませんか」

声をかけるが、静まり返っている。

玄関戸に手をやると、からからと戸が開いて中が見えた。手前が台所と兼用の居間。奥の襖《ふすま》が開いていて和室が見えるが、そこに浴衣《ゆかた》を着た坊主頭の少年が、背中を向けて正座している。

「あっ、ボク。おうちの人は？」

声をかけると、少年は立ち上がってくるりとこちらを向いた。

顔がない。

最初は作り物だと思ったそうだ。よく見ると、額の上に小さな目が二つ。のど仏のあたりに小さな口がある。その口が、ぱくぱく動いている。

「わっ！」

少年はこちらに走ってくる。

女将さんは絶叫して、なにもかも放り出して駆け出した。どこをどうやって帰ったかはわからない。気がついたら店の客席に一人座っていたのだ。出前道具は置いてきてしまった。ポケットに地図と伝票が入っているだけだった。

「どっかに出前に行ったのは確かなんやけど」と、女将さんは言う。

後に、長屋があったあたりへ行くこともあったが、あのとき見た街並みも、長屋もなく、大きなマンションが建っていたという。

第六十二話　笠小僧

小学校六年の夏休み、当時Kさんは空手道場に通っていた。夕刻の電車に乗り込んで、伯母《おば》が住むS市駅には夜遅く到着した。

いまは新興住宅街となっているが、これは三十年ほど前のこと。

周りに家がほとんどない。田んぼに囲まれた暗い一本道を、伯母の家まで歩くのである。

ポッ、ポッ、ポッと電柱についた裸電球のような外灯だけが、道案内をしてくれる。

心細くなって、少しだけ足どりを速めた。

どこからか足音が聞こえた。前方を見ると人影がある。どうやら同じ年くらいの子供のようだ。少し安心して歩きだす。前方の少年に近づくと、Kさんの足が止まった。

少年の頭には三角形の笠《かさ》、体には蓑《みの》をまとっている。顔が外灯に照らされ、はっきり見えた。

まるで人形かと思うほどかわいらしい顔だ。肌の色は蠟燭《ろうそく》のように白く、笠の下には真っ黒い長髪が見えた。そして少年も、Kさんを見て、ぴたりとその足を止めた。

二人は向き合って立ち往生のような状態になった。

「きみ、だれ？　ここでなにしてんの」

Kさんは声をかけた。少年はKさんの顔を見て、にこりと笑った。

男の子なのに、身震いするほどかわいい。

少年は、おもむろに手を差し出し、Kさんの手首を握った。そのまま横の田んぼに下りようとするのだ。手首をつかむ力が大人のように強い。手首がつぶれそうな痛みを感じた。

「痛い痛い」

Kさんは抵抗するが、少年は田んぼの中にずぶずぶと入って行く。Kさんを田んぼの中に引きずり込もうとしている。

「やめて！」

大声を出して手を振りほどこうとすると、パッと手が離れた。少年は泣きそうな顔をしてこちらを見つめている。

道に這《は》い上がると、伯母の家に全速力で走った。

息を切らして家に到着すると、「どうしたん、息切らせて」と、伯母は心配そうに顔を覗《のぞ》き込んだ。安堵《あんど》したKさんは、いま起こったことを全部話した。

伯母は「まだおったんや」と、ことのほか驚いた。

終戦直後、ちょうど伯母も小学六年生のとき、同じ場所で同じような恰好《かっこう》をした綺《き》麗《れい》な少年に出会ったらしい。田んぼの中に引きずり込まれそうになったところ、大声を出したら助かったという。

第六十三話　山の自動販売機

Iさんが、高校生の頃に体験した話である。

彼は登山が好きで、アメリカ人留学生のJ君と仲良くなって、あちこちの山を登った。J君があと数日でアメリカに帰るというとき、最後の思い出づくりにと、二人で近所の山を登ったのである。

ハイキングコースもある、登るには比較的楽な山だ。ところが途中、大雨に遭った。雨宿りする場所もない。

困っているとJ君が、山小屋を発見したという。

Iさんは何度も登っている山だ。山小屋など見覚えがない。しかし、J君が指差した方向を見ると、雨の降りしきる向こうに明かりが見える。とにかくその明かりに向かって走った。

明かりの正体は、木造の綺麗な山小屋の前にある、コーラの自動販売機だった。山小屋の扉に手をかけてみると、するすると開いた。だが誰もいない。とりあえず雨宿りができる。自動販売機でコーラを買って、山小屋の中に入った。

丸太で作られた机とベンチに荷物を置いて腰かけた。二人は一時間ほど語らった。そのうちに雨も止んだが、それ以上進むのをやめて下山することにした。

下山の途中、登山仲間の先輩であるOさんに会った。

「おう。登ってたのか」

「途中、大雨に遭って大変でしたよ」

「山の気候には気をつけないとな」

「でもU谷に綺麗な山小屋ができたんですね。そこで雨宿りしたんです」

Oさんは首をひねった。綺麗な山小屋など、この山にはないという。

「ありましたよ。僕ら、一時間ほどいました。自動販売機もあって」

Oさんによれば、確かに小屋はあるという。ただし、長年使用されていない古びたもので、常に鍵《かぎ》がかかっているらしい。

しかしIさんとJ君は、実際にその小屋で休憩している。先輩が知らないうちに、新しく建て替えられたのかもしれない。

「そこまで言うなら、次の日曜日にボーイスカウトで、あのあたりを掃除することになってるんだけど、一緒にくる？」Oさんが言う。もちろんIさんは、行くことを約束した。

約束の日。晴れ渡った山で、Oさん率いるボーイスカウトの少年たちとU谷へと登った。

山小屋は確かにあった。だが……。

小屋の扉が開くと、中から人が出てきてOさんに鍵を渡した。

「じゃあ、清掃よろしく」

Iさんはその人を呼びとめ、小屋は普段から使用しているのか訊《たず》ねた。

「今日何年かぶりに開けたんですよ」

「そんなバカな。この自動販売機で飲み物を買って……」

販売機はあった。中の機械類が撤去されており、錆《さ》びついた販売機の外側だけがコンクリートの上に置かれている。当然、使用できるわけがない。

小屋は確かに古く、内部は蜘蛛《くも》の巣が張って埃《ほこり》だらけの状態だ。

記憶のものよりもかなり古びているが、同じ形の丸太の机とベンチがあった。

そこには、IさんとJ君が腰かけたお尻《しり》の跡と、コーラを置いた跡がうっすらと残っていた。

第六十四話　深山隠れ

愛知《あいち》県のある山深いところに、人知れぬ寒村や廃村が点在しているという。

噂を聞きつけた大学生のM君は、先輩たちと連れだって探索に出かけることにした。

真夜中、外灯もない山道を、車でのろのろと走っていた。

当然、あたりは漆黒の闇で、左右どちらも山がせまっている。ガードレールもなく道は舗装もされていない。そのうちに小雨も降りだした。

「気味悪うなってきたなあ」

先輩の言葉に、M君もぞくぞくしながら外を眺める。

「休憩しよう」運転していたA先輩が、車を停めてタバコを吸いはじめる。

M君は車を降りて、あたりを歩いてみることにした。懐中電灯を持って、何人かの先輩たちと夜道を歩いた。木々に覆われて星明かりも届かない。懐中電灯が照らす明かりだけが頼りだ。鼻をつままれてもわからないとはこのことだろう。これまで道を車で走ってきて、対向車と擦れ違うこともなかった。そもそも車の通る道ではないのかもしれない。

次第に雨が激しくなってきた。慌てて車の中に避難した。懐中電灯を消して、漆黒の闇というものを息を潜めて体感していた。

しばらくすると、山の上のほうから、なにかが草を分けて移動する音が聞こえてきた。

「動物か？」音から判断すると、小さな動物ではなさそうだ。

ガサガサッ。音が近くなった。

バサッ。なにかが道に着地した。前だ。車の前方になにかがいる。

慌ててA先輩が、ヘッドライトで前方を照らした。

車中で悲鳴が上がった。

目の前に現れたのは、両脇に松葉杖《まつばづえ》をついた若い女性だった。灰色の着物に黒い帯。

その女もこちらを見て、ひどく驚いた顔をしている。かと思うと女は物凄《ものすご》い勢いで、先ほど出てきた雑木林の中に駆け込み、信じられない速度で登っていった。

車内の全員は、あっけにとられていた。

「上に、病院でもあるの？」

ナビにはなにも表示されず、地図には民家ひとつない。ただ、深い山の中にいる。

「でもありゃ、人間ではないよな」一同の意見は一致した。

M君は、今年もう一度その場所へ行ってみるつもりだという。

第六十五話　呼ぶ声

Cさんという納棺師の方と知り合った。彼女はこれまでに、いくつもの不思議な出来事を体験しているという。

大阪府のS市にある葬儀会館で、Cさんは最初の不思議な体験をした。

遺体を湯灌《ゆかん》し終えると、今度は着付け、お化粧となる。作業は二人一組で行う。一人が着付け、お化粧、爪切りなどを行い、もう一人が浴槽の後片付けをする。

Cさんは、一畳半ほどの広さの浴槽の掃除をしていた。背後には仕切りのカーテン越しにベッドがあり、遺族が見守っている遺体が横たわっている。とんとん、と肩を叩《たた》かれた。

相方が呼んでいる。カーテンを手で押し上げるようにして背後を見た。だが、近くには誰もいない。遺族が見守っている中で作業をしている相方がいる。

相方は、こちらに気づいて「うん？　なに」という顔をする。

あれ、気のせいか？　いや、絶対に叩かれたよなあ。

浴槽の掃除の続きにとりかかる。ぽんぽん、とまた肩を叩かれた。

二度目も確実に人の手の感触だった。

振り向くが、誰もいない。それが何度も続いた。

作業を終えて休息していると、「さっき、なんやったん?」と相方に声をかけられた。

「肩を叩かれるんよ。だからあんたが呼んでると思って」

「やめてよそんな話。だいたい動けるわけないやん。用があったら名前呼ぶし」

その後、こんな出来事は珍しくもないことがわかった。

第六十六話　遺体の目

N市のB会館の霊安室は半地下にある。上部に細長い窓があって、外を人が通ると足元が見える。このフロアには給湯室がないので、湯灌をするためには、車に積んであるタンクからお湯をホースで引っ張ってくることになる。そのホースをこの小さな窓から入れる。

この現場でCさんの相方になったのが、新人のKさんという女性。

Cさんが車からホースを引っ張り、窓から霊安室におろす。下で待機しているKさんが受け取り役だ。Cさんは建物を出て車のホースを手にした。ホースを手繰りながら窓へ向かっていると、霊安室から悲鳴があがった。同時にKさんが小さな窓をよじ登って出ようとしている。

「あんた、なにしてんの」

「いや、無理です無理です。故人さんの目が開きました」

「は……、いやいや、開けへん、開けへん」

「ほんまですって。開いて、何度も瞬《まばた》きしていました」

Kさんを引っ張り上げて部屋の様子を見た。遺体は男性。目は閉じている。

「一人にしたから怖かったんやな。けど、あんたがホースを引っ張ってくれんと部屋にホース入れられへんやん。もいっぺん部屋に戻ってな」

「いやです。戻れません」

「そら、代わってあげてもええけど、ホースの扱い方わからへんやろ。だから急いでホース這《は》わすから、部屋で待ってて。走って取ってくるから」

そう言って、地面に落としたホースを拾いなおした。また悲鳴があがった。

「やっぱり、瞬きしてます。目の玉が動いて私を見ています」

「ええから、ホース受け取って」

部屋を覗《のぞ》くと、半泣きになったKさんが「もう辞めたい」と言っている。

「とりあえず、仕事やから。することはしような。で、湯灌できたら、ご遺族に知らせに行くのはあんたが行ったらええから。私がここで留守番しとくから」

なんとか言い含めて作業を続けた。湯灌の準備が整うと、Kさんが遺族を呼びに行った。

Cさんは遺体と二人っきりになったが、遺体の目は閉じたままで、瞬きなどしない。死後硬直のときに皮膚が引きつり、薄く目が開くことがあると聞いていたので、それだろうと思った。

やがて、Kさんとともに遺族が霊安室に入ってきた。遺体を清めるお湯を用意するため、まずは水を入れる。「逆さ水」といい、先に水を入れてからお湯を足し、温度を調整するのである。未亡人の女性が遺体に水をかけようとしたとき、「あっ、主人が目を開けた。いやっ、瞬きした！」と言って手が止まった。周りの親族も驚いて、遺体の顔を覗きこむが、目はしっかりと閉じている。

「いや、した。ほら、また。あっ、私を見てるわ。目が動いてるやろ。ほらほら」

未亡人の真後ろにいたKさんも、してる、してる、という合図をCさんに送っている。Cさんの位置からは遺体の顔は見えないが、未亡人は慌てふためきながら「どないしたんや。お父さん、なにが言いたいの？」と遺体に話しかけている。Kさんは、これ以上遺体の目を見ないように、ずっと顔を背けていた。

その瞬きは、なぜか未亡人とKさんだけに見えていたようだ。

第六十七話　昇り龍

Cさんが母から聞いた話である。

父方の祖父の供養をしたとき、仏壇の蠟燭《ろうそく》の炎が奇妙な揺れ方をした。

部屋に風は吹いていない。

家族の者が見ていると、普通ならば下に垂れるはずの蠟が、上のほうへ重なるように上がってゆく。燃え尽きた蠟燭の上には、奇妙な層が重なる長細い蛇のようなものが形成された。

一同は驚いたが、祖父からのメッセージかもしれないと、しばらくはその蠟燭を仏壇に供えていたらしい。

そんな話を思い出して、Cさんは職場の先輩に聞いてみた。

「あるよ。あれは亡くなった人がなにかを言いたいときになるみたいでな。形状が龍みたいやろ。あれ、昇り龍というんや」と言われた。

第六十八話　落花

葬儀の祭壇には、花壇が設けられることが多い。この祭壇の花が落ちることがたまにあるという。一つや二つではない。菊の花の首の部分から綺麗《きれい》に分かれて、ぽろぽろと落ちていく。抜いて差し替えをするが、それでもぽろぽろと落ちる。

こんなとき、Cさんたちは「またか」と思うと言う。

花壇の花が落ちるときは必ず、故人の遺産などをめぐって遺族がもめている姿を見るのだ。だから落花は、故人が遺族へ「こんな場所で醜い争いなどするな」という意思表示ではないかという。

「亡くなってもしばらくはそのあたりにいてはると思うべきなんです」

Cさんらが遺体の世話をしているとき、「おじいちゃん気持ちええかなあ」「痛かった？」「息子さん来はったよ」などと遺体に語りかけるという。

「故人はまだそこにいて、見えているし、聞こえている。いろいろなことをわかっているんですよ」

第六十九話　保冷庫室

斎場によっては、遺体を入れる保冷庫を所有している。アメリカの犯罪映画でよく見るような、何段もの銀色のアルミの扉が壁にずらりと並んでおり、扉を引っ張ると、横になった遺体が現れる。保冷庫では、路上生活をしていて亡くなった人や身元不明の人たちの遺体を一時的に預かっているらしい。この保冷庫のある部屋が保冷庫室である。

T会館での作業があった。この会館は湯灌《ゆかん》をする部屋がなく、遺体をストレッチャーに寝かせた状態で行うのである。

湯灌をするために、いつもストレッチャーが置いてある場所へ行ったが一台もない。近くにいた斎場の営業担当者にストレッチャーの場所を尋ねると、二階にあるという。

「二階の、どこですか」

「保冷庫室の中」

嫌だなと思った。T会館は一階と二階に保冷庫室がある。一階の周辺には従業員たちが作業をしており、室内も明るく電気も点《つ》いているので、なんということもない。

でも二階の保冷庫室は違う。建物の端にあるので滅多なことでは人が通らない。照明もブラックライトが一つ点いているだけの薄気味悪い場所で、誰も近づこうとしない。ここには、期限が過ぎても身元不明なまま、おそらくは無縁仏になる遺体が多数収容されているのだ。

Cさんは、この営業担当者がどうも苦手で「一緒に来てください」とも言えず、一人で階段を上がって、二階の保冷庫室のドアを開けた。ブラックライトのわずかな明かりで室内が見えるが、ストレッチャーは見当たらない。室内にもう一つドアがあって、その向こうも保冷庫が並んでいる。その中にあるのだろうか。

さすがに奥のドアを一人で開けるのは怖い。一旦《いったん》、作業場に戻って相方を呼ぶ。

「二階にストレッチャーあんねんけど、一緒に来てくれへん？」

「二階？　なんでそんなとこに？」

今度は二人で階段を上ると、掃除のおばちゃんがいた。保冷庫室のドアノブをつかむと「そこ、開けんほうがええよ」と心配そうに声をかけてきた。

「ストレッチャーが中にあるんです。営業さんにそう言われました」

「そんなん営業に開けさしいや。やめときやめとき。ここ、怖いねんで。よう中から声聞こえるし。変な音するし。臭いし。どうしても開けるの？」

「はぁ、仕事ですから」

「じゃ、私もおったげる」

おばちゃんも廊下に待機してくれるという。廊下側の保冷庫室のドアを開ける。おばちゃんには、ドアが閉まらないよう持ってもらった。

中に入って奥にあるもう一つのドアも開けた。相方には、そのドアを持ってもらった。

壁中に保冷庫の銀の扉が並んでいる様子が、隣の部屋から漏れるブラックライトの微《かす》かな光でわかる。保冷庫の手前にストレッチャーが一台、ぽつんと置いてあった。あたりには死臭が漂っている。

思い切って中に入り、ストレッチャーを手で引き寄せると、向こう側に引き戻された。

あれっ。いつもの習性で車輪のストッパーを確認したが、そうではない。視線を上げるとストッパーの向こうに黒い人影が立っていた。

総毛立った。

「あかんあかん」と言いながら、もう一度力を込めて引っ張ると、逆らう力が離れ、そのまま一気に廊下に出た。

「早く、扉を閉めて！」

会社の事務所に戻り、今回の一件を報告すると、同僚はひどく驚いていた。

「T会館の二階？　よお入ったな。あんなとこ、誰も入らんで」

今後、T会館の二階にある保冷庫室に入るときは、男手を何人かよこしてくれることになった。あの保冷庫室では、何人もが怪異な体験をし、怖くて辞めた人が何人もいると聞かされたという。

第七十話　学生服の男子

Cさんの友人のOさんは、祖父の葬儀で不思議な体験をしたという。

斎場に祖父の遺体を安置して、通夜が行われたときのことだ。家族親戚《しんせき》が集まって食事をし、酒を呑《の》み、故人の話から世間話へと花が咲いていた。

Oさんは、同年代の若い親戚縁者たちと線香当番も兼ねて、式場に詰めていた。

夜の十一時頃になり、ようやく人の出入りが落ち着いた。

ともに番をしている一人の親戚が、先ほどから落ち着きがない。

「さっきから気になってんけど。カーテンが揺れてるよな」

カーテンというのは、祭壇や花壇が並んでいる後方に吊《つ》ってあるものだが、確かにその片方の端っこが揺れている。実は、Oさんも気になっていたのだ。

「空調じゃないか」誰かが言った。

「それなら全体がふわふわと揺れるやろ。あれは人が引っ張ってる揺れ方やで」

Oさんはカーテンに近づいてみた。祭壇の裏に詰襟の学生服を着た中学生くらいの少年が正座していて、カーテンの隅をつかんでいた。

「どなた？」

声をかけると、少年はどこかへ行ってしまった。

「どうした？」皆が聞いてくる。

「古い感じの制服を着たぼうずがおった。いま、そっちへ行ったん、見えんかったか？」

「いや……」誰も見ていない。部屋を出たのなら出口を通ったはずだ。それなら皆にも見えていたはずだ。しかしOさんは、この斎場には、ほかにも通夜をしている家があるので、退屈した少年が、建物の中を探検していたのだろうと考えた。Oさんも退屈していた。

年寄り連中は酒を呑んだり、昔話で盛り上がっているようだが、若者にはどうもこういう雰囲気は馴染《なじ》まない。気晴らしに、ここに残っている男女数人で、会場の探検をしようということになった。

斎場内を散歩していると、地下に霊安室を見つけた。

「ここ、下りてみようか」

全員で薄暗い階段を下りかけると、下から何者かが走ってくる音が響く。

階下を注視していると、あの学生服の少年が現れた。そのまま皆のあいだを走り抜けて、背後の廊下へと消えた。

「あ、カーテンを揺らしてた少年だ」

Oさんは言うが「だれのこと？」親戚たちには見えていないようだ。

「足音は聞こえた。なにがおるん？」一人が言った。

怖くなった。探検は中断し、式場に戻った。またカーテンが揺れている。もうここは無理だ。年寄り連中が宴会をしている親族控え室へ行こうということになった。その途中、Oさんは一人でトイレに入った。

用を足していると、手洗いの電子センサーがなにかを感知しているようで、水が出たり止まったりを繰り返している。またあいつか、と思うが、そちらを見る勇気がない。用を足し終えると、手を洗わずに下を向いたまま出口へ急いだが、目の端に学生服が見えたのだ。

「なんで俺だけに見えるねん」

控え室に戻って、少年のことを皆に話していると、母親に「明日《あした》お寺さんが来はるから、相談してみなさい」と言われた。

翌日、法要を済ませた住職に、昨晩見たものを伝えた。

「ああ、おるなあそこ。中学生の少年やろ。自分が死んだこと気づいてないんやろうな。かまってほしくて出てるんや。私もよう見るわ、その子」

「なにかしなくていいんですか」

「ああ、あれはあそこにおるもんやから。なにするわけでもないし、そのままにしとっても大丈夫」と言われた。

第七十一話　葬式帰りの顔

大学生のK君の母親は、小学校の講師である。講師は教諭と違って一年に一度、赴任先の学校が変わる。その分、大勢の教え子や父兄と知り合うことにもなり、自然と冠婚葬祭に呼ばれることも多くなる。

葬儀から帰ってきた母親に塩をかける、というのが幼い頃からK君の役目だった。葬儀が何度も続いたことがあった。その日も喪服姿で帰ってきた母親に塩をかけると、母親は風呂《ふろ》へ入った。

K君はゲームをしながら、風呂上がりの母親に、今日学校であったことなどを話していた。「でね……」K君がゲーム機から目を離して母親を見ると、そこには母親ではない別人がいたのである。

返事をする声も口調も、そして背恰好《かっこう》も着ているものも髪型も母親のものなのだが、顔が違う。べったりとお面が張りついているような、白くて生気のない顔。

びっくりして声も出せずにいると、その女性が「どうしたの、大丈夫？」と心配そうな声をかけてくる。しかし、口はまったく動いていない。あまりの恐怖に、そのまま体が動かなくなり、心配する言葉に対してなにも返事ができなくなった。

母親はそんな息子の状態を見て、「ちょっと、お父さん、お姉ちゃん」と二階にいた家族を大声で呼んだ。部屋に入ってきた父と姉も、母親と同じ、お面のような白い女の顔をしていた。

三人はまったく表情のない顔をK君に近づけて、心配そうに声をかける。K君は後ずさりして、箪笥《たんす》に頭をぶつけてしまった。そして気絶したらしい。

気がつくと朝になっていた。

「昨日はどうしたの。心配してたんやで」

母親の顔は元に戻っていたが、K君の頭には大きなコブが残った。

第七十二話　今日だぞ

Nさんは仕事で使うため、自宅にあるプリンターを持ち出そうとした。

車に積み込むために玄関まで持ってきた。このとき、携帯電話をプリンターの上に無造作に置いて、そのまま靴を履こうとした。

「おーい、おーい」

携帯電話から声がした。

いま置いた際に、リダイヤルボタンを押したのだろうか。

「今日だぞ、今日だぞ」

そんなことを言っている。

携帯電話を手にして確認してみた。声はぴたりとやんだが、通話中ではないし、着信も発信もしていない。

奇妙だと感じながらも、荷物を車に積み込み、仕事場へ向かった。

帰り道の車内でも、朝あったことが頭から離れない。不思議な出来事よりも、電話から聞こえた声に引っかかっていた。

あの声、どこかで聞いた声だよなあ。誰だっけ。今日、なにがあるのだろう。
あっ、思い出した。
今日、あいつの誕生日だ。あの声は間違いない。
あいつとは、わけあって絶縁状態にある、Nさんの父親だった。

第七十三話　だれだっけ？

E君という美容師に聞いた話。

ほんの数日前のことだそうだ。

夜遅くに仕事を終え、帰り道を歩いていると、人ごみの中、前方から同じくらいの年齢の女性が歩いてくる。

彼女がこちらをじっと見ているようで気になる。なんだろうと思っていると、突然彼女は小走りに近づいてきて「久しぶり」と声をかけてきた。

誰だろう。美容室の客かもしれないと考えるが、どうも思い出せない。このままだと失礼なことになる。とりあえず話を聞いているうちに思い出すかもしれない。

「Y君は元気？　H君はなにしてる？」彼女の口から、学生時代の友人の名前が出た。

あっ、この女は学生時代の知り合いか。サークル仲間か、同じ学科か。

やっぱり思い出せない。E君は適当に話を合わせながら。なおも考える。

彼女は、学生時代にサークル仲間と旅行した場所や、イベントの思い出話を続ける。

一生懸命に記憶を辿《たど》るが、そのときのメンバーの中に彼女がいたという記憶がない。

しかし、話はそこにいたメンバーしか知らないものだ。

一瞬、美容整形をして顔かたちが変わったのかとも思ったが、それだとしても思い当たるメンバーがいない。いったい、この女は誰だろう。

彼女は楽しそうに学生時代を回想し、E君の質問にも的確に答えるのだ。

E君は学生の頃、それなりに遊んでいたらしい。女遊びもした。その中の誰かだろうか、どうしても思い出せないという。

ところが話が変わってきた。過去の話は、だんだんとサークルとは関係のないものになってきた。E君と当時つき合っていた彼女の話になったのだ。

この女性が知りようもない、彼女と二人だけしか知らないことまで、懐かしそうに語りだした。

当時つき合っていた彼女が、この女に恋愛相談をしたのかもしれない。そのときに元彼女から聞いた話をしているのだ。

いや違う。

E君は学生の頃に、何人もの女性とつき合った。サークル仲間も知らないバイト先の娘《こ》や、呑《の》み屋で仲良くなった娘、それこそ誰にも紹介していない娘もいる。

「この女は、そんな歴代の彼女たちとの秘密の情事を、すべて知っていて、それを懐かしそうに語るんです。もう怖くなって」

語るだけ語ると、彼女はにこっと笑って「じゃ、また会おうね」と言い残して去ってしまったという。

第七十四話　峠道

大学生のC君が貯金をはたいて、念願のバイクを購入した。

すぐに通学にもバイクを使うようになる。

あるとき、学校の帰りに友人宅に寄っていたら、夜遅くなってしまった。C君の自宅に戻るには、小高い山を越えてゆかなければならない。

秋の峠道。上空には満月が輝いている。自分から見て左手下の路上には、自分の影が落ちている。風を切って快調に走らせていると、急に荷台が重くなった。

左手に落ちる影に目をやる。荷台の上に、上半身だけの人のような影がある。両手を上にあげていて、手がゆらゆらと動いている。

「なんだこれ！」

驚いて、ブレーキをかけようとした瞬間、パァーンと凄《すご》い音が峠に響いた。

前輪と後輪、両方のタイヤが、縦に真っ二つに裂けていた。

バイクは横転して傷だらけになったが、C君は大きな怪我もなく無事だった。

第七十五話　黒いバイク

Sさんが岡山県に住む義理の母から聞いた話だ。

彼女には弟がいた。Uさんという。勉強がよくできる人らしく、地元のO大学を現役で合格し、学校に通いながら家庭教師のアルバイトをしていた。三年経つと、その教え子がUさんと同じ大学に入ることになった。彼の祝賀会が開かれ、Uさんも招待された。Uさんに感謝した教え子の両親から、なんと中古の黒いバイクをプレゼントしてもらった。四百CCの立派なバイクで、彼の愛車となった。

翌年の二月一日、Uさんの誕生パーティが開かれた。大学の仲間や地元の友人たちがUさんの家に集まって楽しい時間を過ごした。

気がつくと、主役のUさんの姿がない。

「あいつ、どこ行った？」「トイレにでも行きよったんじゃない？」「いや、おらんかった」「バイクがないみたい。コンビニにでも行ったのか」「まあ、そのうち帰って来るやろ」

しかし、Uさんは帰ってこなかったのだ。

二、三日してもUさんは行方知れずのまま。Uさんの親も警察に捜索願を届け出た。
それから十日後にUさんは見つかった。それが奇妙な見つかり方だったのだ。

Uさんの家から数キロ離れたところに丘がある。その丘の上に黒いバイクが放置されているのを近所の小学生が発見した。丘の裏側には、氷の張った池がある。その池の真ん中に、胸から上が氷から出た状態で、合掌をしているUさんがいたという。

通報を受けた警察や近所の人がその池に駆けつけ、Uさんを氷の中から引き上げた。全身凍結状態で死んでいた。彼の下半身はあぐらをかいた状態で、まるでそれは修行僧を思わせる姿だったという。

葬式が終わって、茶毘《だび》に付された後、彼の愛車であった黒いバイクは、書類から購入した店舗がわかったので、店に引き取ってもらうことにした。

Uさんの家にやってきた店員は、バイクを見て「えっ、また戻ってきた」と真っ青な顔で驚く。

「三度目ですわ、これで」

過去二度、バイクの持ち主は交通事故で亡くなったが、このバイクだけは無傷で帰ってきた。これが三度目なのだという。気味悪がった店員は、引き取らずに帰ってしまった。仕方なく、バイクは家の納屋の中にしまい込んだ。

Uさんの実家は昔の農家の造りの家屋である。トイレが外にあるので、夜中トイレに行くときは納屋の前を通ることになる。月明かりに照らされたバイクは、ハンドル部分が光って見える。Uさんの姉には、なんだか不気味に見えたそうだ。

姉はやがて結婚し、家を出た。


何年かして姉が実家に戻ると、納屋のバイクがなくなっていることに気がついた。

「お母ちゃん、あのバイク、どうしたの？」

すると、母は下を向いて泣き出した。

「あのバイクは持って行ったらあかんと言うたんじゃ」

「えっ、誰かにあげたの？」

「あれにはいわくがある、と言うて聞かせたんじゃけど、どうしても欲しいというて無理やり……」

母の遠い親戚《しんせき》にあたる若い男性が、納屋のバイクに一目《ひとめ》惚《ぼ》れしたという。

「お母ちゃん、その人は、無事なの？」

彼は三日もしないうちに交通事故で亡くなった。

バイクは無傷だったそうだ。そのバイクは、いまどこにあるのかわからない。

第七十六話　電話相談

Fさんという女性が、幼馴染《おさななじみ》のY子さんから相談を受け続けている。

Y子さんの実家の敷地は百坪ほどあり、母屋は築百年以上という。Y子さんはいま結婚して実家の近くに住んでいる。

母屋にはY子さんの父と母、離れ家に祖母が住んでいたが、祖母も父も亡くなり、いまでは母一人が大きな母屋に住んでいる。弟たちはみな結婚して家を出ている。長男も結婚して東京で就職した。ただ、なんとか家に帰ってきて欲しいという母の思いがあり、長男は実家に帰ることになった。

このとき長男は条件を出した。古い家は全部新しく建て替えたいという。母はこれを承諾し、母屋が取り壊されることになった。

長男からY子さんに電話があった。

「すぐに東京から帰るわけにいかんから、ちょこちょこと家の周りを片付けといてくれ」

Y子さんは自宅でペット専門の美容師をやっている。暇を見つけては母屋や離れ家に入り、片付けをはじめだした。

この頃からだ。Fさんの携帯電話に、Y子さんから相談がくるようになったのは。

最初はこんな話だった。

「最近、部屋の電気が勝手に点《つ》いてることがあんねん。一回や二回違うねん。確かに消したって確認してるんやけど。点くねん。なんでや思う？」

古い家屋のことだ。ただの故障や誤作動だろうと、笑いながら返事をした。

数日後。

「いま、離れで片付けものしてたら、勝手口の木戸が、バッタンバッタンいってんねん」

「風ちがうの？」とFさん。

「違う。風なんて吹いてない。それでな、いまはバタバタバタバタッて、すごく速い間隔で開いたり閉まったりしてんねん。聞こえへん？もう怖いから帰ろうかなあ」

電気の点滅も相変わらず続いている。これについては、たまに東京から帰ってくる弟さんも不思議がるらしい。

誰もいない廊下や階段から足音がする。勝手に部屋のドアが開く。あるいは閉まる、ということが続くようになったという。

そのたびに電話がかかってくるのだ。

「あんまり怖いんでな、私、お人形さんに話しかけながら片付けてんねん」と言う。

「なにそれ。そのほうが怖いやん」

その人形というのは、自分が生まれたときに祖母がくれたおかっぱ頭の少女の市松人形だという。もともとガラスケースに入っていたが、そのケースもなくなって、人形だけが置いてある。黒々としていた髪の毛も色あせて茶髪になりかけ、着ているものも薄汚れている。しかし、自分には愛着のある人形で、一人でいることを思えば、この人形に話しかけているほうが気もまぎれるし、心強いのだという。


敷地の広い旧家のことだ。古いものが次々と出てきて、片付けているうちにゴミが膨大な量になった。それで友人たち数人で、片付けの手伝いに行ったことがある。そのうちの一人が子供を一人連れて来た。Y子さんにも子供が二人いる。大人たちは片付けを、子供たちは三人仲良く広い庭で走り回っていたが、帰る段になって、「そういや、もう一人の子、どこ行った？」と友人の一人が言う。

「もう一人って？」

「あんたとこの子と、ここの子二人、もう一人おったよな」

「そういやおったな」

「えっ、どこの子？」

おかっぱ頭の少女で、トレーナーを着ていたという印象をみんなが持っていたのだ。

子供たちに「もう一人、おらへんかった？」と聞くと、「一緒に遊んだ。けど、どこの子かは知らない」と言う。

やっぱりいたのだ。

その夜、またY子さんから電話があった。

その日は結局、後片付けに追われて、食事を作る暇がなかったので、子供二人を連れて近くの中華料理屋で食事をとった。

さあ帰ろうと、駐車場に戻ると助手席におかっぱ頭の少女が乗っていて「えっ」と驚いた瞬間、ふっと消えた、という。

その位置がおかしかった。小さな少女のはずなのに、その顔が大人が座ったくらいの位置にあったのだ。そしてそれを見た子供たちが車に乗るのを異常に怖がったらしい。

「これ、なんやろ。みんなが昼間に見てたという子供かなあ。幽霊かなあ。なんか怖いんやけど」

「おかっぱ頭の女の子って、あんたがいっつも話しかけてる人形とちがうの？」Fさんはそんな気もしたが、結局はわからないまま、電話は切れた。
いよいよ、離れ家と母屋が壊されることになり、築百年以上の建物は瓦礫《がれき》と化した。
しばらくして、Y子さんの自宅に異変が起きたという。

第七十七話　電話相談、その後

夜中、Y子さん夫婦が二階で寝ていると「すみません、すみません」と女の声が下の店から聞こえてきて、はっと目が覚めた。

「すみません、すみません」

やっぱり誰かが店にいる。

「あっ、はい、はい」と寝ぼけ半分で返事はしたものの、次の瞬間、ゾッとした。

この家は普通の玄関というものがなく、入ろうとするなら、店のシャッターを開け、夜中は電源の切れている自動ドアを手で開けなければ入れない。

いずれも錠がかかっていて開くはずはないし、開けば大きな音がする。でも、そんな音はしていない……。

「ちょっとあなた、あなた」

隣に寝ている主人を起こすが、いつもはすぐに起きる主人がまったく起きない。

女の声は続いている。

「すみません。ここから上がっていいですか」

「えっ、は……、いえ、あのぅ」

　とんとんとん。上がってくる音がする。

「ちょっと、あなた、起きて、起きて」

　女が階段を上がりきって、二階にある玄関のドアがガチャリと開く音がした。気配が近づく。

「ここから入っていいんですよね」

　寝室のドアの前で声がする。ガラス障子に影が映り込んでいる。

　Y子さんは固まった。

　しかしそこから気配も消え、声もしなくなった。

　驚いて、ドアを開けて階段を下りてみたが、自動ドアもシャッターも閉まっていた。

　それからは、トイレに入った子供たちが「ママー、ママー、怖くて出られないよー」と泣き出してトイレから出られなくなったり、窓は閉まっていて風もないのに、カーテンがぐるぐると舞ったり、ともかく家が建つまで、妙なことが連続して起こったのだ。

　そのどれが何に関連するとか、原因が何にあるとかは、さっぱりわからない。ともかく、築百年以上する家を壊すにあたって、何かが起きている、という認識があった。

やがて、Y子さんの実家に長男が戻り、家も近代的な立派なものとなった。同時に、Y子さんの家での奇妙な現象はピタリと止んだのである。

ところが実家からは、また奇妙な話が聞かれるようになった。

家鳴りがする。竹を割るような、ベリベリ、バキバキッという凄《すご》い音で、長男一家もこの音を気味悪がった。家を建てた建築メーカーに問い合わせてみたが「そんなはずありません」の一点張りだ。子供が走り回る音もしょっちゅうだという。

長男の奥さんがキッチンにいると、足音が背後からして、後ろからピタッと抱きつかれる。だが、誰もいない、袖《そで》を引っ張られたり、髪を触られたりも珍しいことではないらしい。

駐車場と玄関口には、監視カメラが設置してある。モニターで見ると、いつも白い靄《もや》が漂っている。せっかく新築したけど、長男夫婦はこの家を出たがっているという。

そんな話を毎日のように聞かされて、それが怖いのでFさんに相談の電話をしているらしいのだ。

「Y子さんの家で起きていることが霊の仕業なのかどうかはわかりません。仮にそうだとしても、私には何もできません。一度お祓《はら》いでもしてもらったら？　と言ったんですが、何度もやっているけど効き目がないんですって。まあ、私に話すことで気が楽になるようで、聞くだけは聞いていますけど。

つい先ほども、Y子さんからの相談電話があったそうだ。

第七十八話　一服

Fさんが高校生だった頃の話である。

F県に某大学の附属病院跡がある。そのまま機能が移転し、東京ドームがいくつも入るほど広い敷地に廃墟《はいきょ》となった立派な建物が取り壊されずに何棟も残っているそうだ。周囲は塀で囲んであるが、中の様子を写真に撮りたくて、なんとか敷地内に入った。

まだ午後の明るいうちである。Fさんたち四人は、あちこち走り回って写真を撮る。道路が縦横無尽に走っていて、まるでそこは巨大なゴーストタウンのようだ。

Fさんは廃墟の内部の写真を夢中になって撮っていたが、少し疲れてきた。いまいるのは大きな病棟の六階にあたる場所である。長い廊下があり、片側には入院用の部屋がならび、もう片方は窓で、見晴らしがいい。

まだ高校生のくせに煙草を取りだすと、口にくわえた。ライターで火をつけようとしたところ、誰かに後頭部をポンと叩《たた》かれ、その勢いで、くわえていた煙草が飛んで、窓の外へ消えた。

「なんや！」

一緒に来た友人だと思って振り向くと、無人の長い廊下が続いているだけで、誰もいない。

「えっ」

煙草を落とした窓から外を見下ろすと、Ｆさん以外の三人が集まっているのが見える。

ということは……。

建物内に目を戻すと、ナースステーションという札とそれらしき部屋の跡が目に入った。

「ここは入院患者用の建物やから、煙草はあかん」

そう注意された気がしたという。

第七十九話　止まる女

ある土曜日、大学生のK君は友人二人と連れだって梅田にやってきた。そして阪急《はんきゅう》電車梅田駅構内にある動く歩道に乗ろうとした。

先頭を歩いていた友人二人は、なぜか立ち止まると、動く歩道に乗らずに端によけた。その後を歩いていたのがK君。携帯電話の画面を見ながら歩いていたので、先頭の二人の唐突な行動に戸惑いながら、彼もそれに倣った。

二人が互いに顔を見合わせている。

「……なんか、見ちゃったかも」

「えっ、なにを？」

二人が動く歩道に乗ろうとしたところ、歩道の向こう側に女が立っていたという。若い女で、それが進行方向に逆らってこちらを向いて立っている。しかも、足元の歩道は動いているのに、女はまったく遠ざからない。

とっさに厭《いや》な予感がして、乗るのをはばかったという。

K君は一瞬疑ったが、はたと気づいた。

いまは土曜の昼下がりである。大勢の人たちが動く歩道に乗って移動している。

だがさっきまでは、誰も動く歩道に乗っていなかったし、周囲の雑踏はまったく聞こえていなかった。

ちなみに女を見た二人の友人は、後になってもめたらしい。

一人は女は赤いコートを着ていたといい、もう一人は、女の服や肌に色がなくモノクロだったと言って譲らなかった。

第八十話　スピーカー

バブルがはじけた一九九〇年代初頭のことだ。

Mさんという男性が東京都中野区のスナックで雇われ店長を務めた。

いつもどおり出勤して店を開けると、まず店舗内を清掃してから、開店の準備にとりかかる。

準備中は常に電気は消したままで行う。なぜかというと、電気を点《つ》けるとガラス障子型の扉から光が漏れて、客が入ってきてしまうのだ。

開店前でも常連客などは「いいじゃない。呑《の》ませてよ」と言って入ろうとする。これを断るわけにいかない。だから厨房《ちゅうぼう》から漏れるわずかな明かりを頼りに、作業をするわけである。

そのうちに従業員の女性たちが出勤してくる。

「店長さん、おはよう」Nさんという従業員だ。

「Nちゃん、おはようさん。ちょっと早いけど、もう電気点ける？」

「まだいいんじゃない？」

「俺もまだ準備中だからね。化粧でもして待っててよ。そうだ、カラオケの電源入れよう」

言った瞬間、電源の入っていないスピーカーから「うわぁははは、あっはははは」という女の声が響いた。まるで正気とは思えない、ヒステリックな笑い声である。最大のボリュームで店中にわんわんと反響する。

時間にして二、三分ものあいだ、笑い声は鳴り止まない。二人は固まっていた。

前触れもなくピタリと止んだ。

「いまのなに⁉」

スピーカーにはまだ電源は入っていない。コンセントも抜いたままであった。

「いま思うとその声が、最初の現象だったように思います」とMさんは言う。

第八十一話　黒髪の女

女性従業員たちがまだ誰も出勤していなくて、Mさんが一人カウンターに入り、常連客相手に酒を出していた。Mさんの後ろには暖簾《のれん》がかかっていて、その先が厨房と勝手口になっている。

勝手口からコンコン、とノックする音が聞こえた。

普段、従業員たちが出勤するときには、ノックなどせず勝手に入ってくる。空耳か、ドアが故障しているのかもしれない。Mさんは考えながらも、客の相手を続けていた。

会話の途中、客の視線がMさんの背後にいったと思うと、そのままスッと視線を流した。つまり、後ろを誰かが通ったということである。そのまま二人は会話を続けたが、「いまの子、来ないね」と客が言う。

「そういや、誰が来ました？」

「誰って、暖簾越しだったからなあ。肩までのストレートの黒髪で、白いワンピースを着てたと思う」

白いワンピースなら誰だって着るだろうが、黒髪となると……。

そういえば店の子はみな髪を染めている。ひょっとしたらあの子かな、と思うがその日は出勤日でもない。

「いまの子どこ行ったの？　遅いよな」

女性の接待を待っている客もいい加減、しびれを切らしたようだ。

Mさんも気になった。従業員が出勤してきたにしては、あまりに静かなのだ。

「ちょっと待ってください」

暖簾をかきわけて厨房を見たが誰もいない。

フロアに回りこむ短い通路にもいない。トイレかと思ったが、小窓から明かりは漏れていないし、ノックをしても返ってこない。結局、誰もいなかった。

その日はそれで終わった。


またある日のこと。

このときは、ほかに女性従業員もいたが、また勝手口からノックする音が聞こえた。

Mさんが振り向くと、手の空いていた従業員が暖簾をかき分け、奥の厨房へと消えた。

カチャリと勝手口のドアが開く音がして、相槌《あいづち》をうつ声が聞こえる。誰かと話しているのだろう。しばらくすると「Mさぁん、女の人が呼んでるよ」と奥から呼ばれた。

「ふぅん、誰やろ。お客さん、ちょっと失礼します」

暖簾をかき分けて厨房に入ると、先ほど対応していた従業員とすれ違ったので、誰がきたのか尋ねてみた。

「知らない。でもMさんを呼んでくださいって」

「面接かなあ。募集かけた覚えはないしなあ」

勝手口のドアを開けた。

誰もいない。扉を開けて正面には壁。左右に長い一本の路地が延びているが、人影もない。

「誰もいないよ」

「そんなあ。ノック聞いたでしょ。いま話したばかりなんだから。Mさんの名前も知っていましたよ」

「どんな人だった?」胸騒ぎがする。

「ずっとうつむいていたから顔はよくわからないけど。肩までストレートの綺麗《きれい》な黒髪をした子。そう、白いワンピース着てたよ」

対応した女性は、勝手口からきょろきょろと路地を不思議そうに見ていた。

第八十二話　居抜きの店

雇われ店長だったMさんが、ようやく自分の店を持った。

独立に到るまで、いろいろと応援してくれる人たちがいた。なるべく資金を節約できるように、ある人が雑居ビルの二階に居抜きの場所を見つけてくれたのだ。

居抜きというのは、同業種がお店をそのままにして撤退した場所のことだ。前の店が使用していたテーブルや椅子、ソファ、カラオケセット、照明、厨房もそのまま使える。グラスや食器も揃っている。あとは酒を仕入れて料理の準備さえすれば、いますぐにでも商売ができる。

念願の自分の城を持てたMさんは希望に燃え、働いた。しかし、だからといって客がすぐに付くわけではない。また、商店街から外れた立地案件ということもある。

チラシを撒《ま》いたり地元の人に声をかけたり、集客に力を入れるが来てくれるのは友人や昔なじみの客たち。だから暇な時間が多い。誰もいない店内で、ぼんやりと過ごすことがだんだん多くなった。

あるとき、カウンターで頭を抱えながら集客方法を考えていた。

突然、ザアーと水が大量に流れる音がする。びっくりするが、どうやらトイレの水が流れたようだ。

店にはMさんしかいない。当時は現代の最新式トイレのようにセンサーで勝手に流れるような便器はなかった。単純にタンクがあって、紐《ひも》を引っ張れば水が出るというタイプのものだった。つまり、誰かが紐を引っ張らない限り水は出ないのだ。なのに一日に何度も水が流れる。水道の修理工を呼んでみたが、機械が故障しているわけではないようだ。

そして、机に置いているゲームウォッチが勝手に鳴る。当時流行《はや》った小さなポータブルゲーム機である。これも頻繁に鳴るので電池を抜いた。それでも鳴るのだ。

きっと電磁波などの影響で鳴るのだろう。そういえば、ゲームウォッチが鳴るのは、トイレの近くに置いたときだ。ここは電磁波が通っているんだ——と勝手に解釈し、無理に安心しようとしていた。

ところがある日、常連客が「ねぇ、マスター。こんなこと言っていいのかなあ。いや、まずいのかなあ」と言う。

「なんですか、嫌だなあ。言ってくださいよ」

「いつも玄関口に女が立ってるよね。あれって、マスターに見えてるの？」

「……見えませんけど。どんな女ですか？」

「さあ、若いようだけど、うつむいてて顔見せないんだよ。ストレートの黒髪で、白いワンピース。いまもそこに立ってるよ」

本当のことかどうかはわからないが、その客が言うには、玄関口からトイレのあたりまではうろうろとするが、フロアまでは入って来られないようだという。

数日後、別の客にも、同じようなことを言われた。

客同士に繋《つな》がりがあるのかどうかは知らないが、何人もの客が言いだし、店を気持ち悪がる。また、常連さえもだんだんと来なくなり、ようやく、この店に異常なことが起こっていると、Mさんは覚悟しだした。

第八十三話　パーティの朝

友人たちがMさんのスナックを借り切ってパーティを開いてくれた。パーティは大いに盛り上がった。終電がなくなっても、何人かは居残っている。

陰気な店が陽気になった。なんだか嬉《うれ》しい。

「よし、朝まで店を開放しよう」とMさんは提案した。

「まだしゃべって呑《の》みたいヤツは朝まで呑んで、眠たくなったらソファに寝たらいい」

朝四時頃になると、残っていた数名も疲れ果てて寝ている。Mさんは店の照明を落とすと、ボックス席のソファに座って机にうつ伏せになり、うとうとしかけた。

ガンガンガン、ガンガンガンガン。

窓ガラスを叩《たた》かれ、皆が一斉に目を覚ました。

ガンガンガン、ガンガンガンガン。

音がする窓ガラスは、ボックス席の上にある、はめ込み式のもので、開けることができない。ここは二階で、しかも、窓の外は店名の入ったビニール製のテントが貼りつけてある。叩けるわけがない。

ガンガンガン、ガンガンガンガン。

Mさんが様子を見に行くため立ち上がろうとした途端、ぐらりと床が揺れた。

「地震⁉」と思った。

しかし、揺れているのは、Mさんが尻《しり》を乗せていたソファだけ。

立ち上がって、ソファを見ると、四個で一ブロックを作っているうちの、一個のソファだけが、まるで生き物のように、ばたばたと音をたてて動いているのだ。

「えっ、なにこれ!」

Mさんも、残っていたメンバーも言葉を失い、逃げるようにして店を出た。

翌日、店に入ると定位置から数メートル先にぽつんと、そのソファが転がっていた。

第八十四話　リクエスト

この店を手放そう。Mさんはそう考えた。

客が来ないのは、怖がっているからだと知ったからだ。噂も広まっているようだ。せっかく借金してまで持った店である。できれば続けたいという気持ちが大きい。だがこのままでは、借金がかさむだけだ。

ただ、幽霊がほんとうにいるのなら、確かめたいという気持ちがある。

白いワンピースの女も、見たという人は何人もいたがMさんが見たわけではない。ソファが勝手に動き、窓ガラスが叩かれたことは、確かに理解しがたいものだった。ただ、それがすべて心霊現象なのか、確かめたくなった。そうすることで、自分自身を納得させたかったのだ。

ある日、有線放送に電話して幽霊の声が入っていると噂される岩崎宏美《いわさきひろみ》の『万華鏡』をリクエストした。そしてボックス席の椅子を、カラオケ用の小さなステージに一つ置き、そこにマイクを持って座り、電気を消して曲が流れるのを待った。

「幽霊が出そうな状態を作ったんです。まあちょっと、そのときは病んでましたから」とMさんはこのときの心境を言った。

曲が流れた。そしてMさんは、マイクで幽霊に語りかけた。

「なあ、いるなら出てきてくれ。供養でもなんでもするから、店をなんとか繁盛させてくれないか。いま、ここで約束してくれたら、どんな供養でもするから」

しかし、なにも出なかった。

涙が出た。

「店はやめる」と決意した。

翌日も客はまったく来ない。ボックス席のソファに座って、机に伏せると、ふて寝をしていた。

目覚めると、客が一人いた。カウンターに座っている。

（わあ、恥ずかしいところを見られてしまった）

客は寝ているMさんに気兼ねしているのか、だまって背を向けている。

「お客さん。失礼しました。ちょっと夕べは徹夜だったもので」

言い訳しながらカウンターに戻ろうとした瞬間、客の姿がスッと消えた。

はっとした。その客は、肩までの黒髪で、白いワンピースを着ていたのだ。

第八十五話　人穴

富士山《ふじさん》の麓《ふもと》に「人穴《ひとあな》」という場所がある。

富士の噴火でできた溶岩洞穴で、富士信仰の修行の場である。

Gさんという男性が職場の社員やアルバイトの女性ばかり五人を連れて、夜の人穴に出かけた。

ワンボックスの車に同乗し、入口付近の駐車場に停めた。

大きな鳥居が建っている。それをくぐってしばらく歩くと細く長い石段となる。両脇には古い石碑が並んでいる。女性たちを怖がらせるには十分なシチュエーションである。さらに石段をのぼって行くと、神社が見えてきた。

けれど、なにか違和感がある。

石段をのぼるたびに、神社の様子が見えてくる。違和感の原因がわかった途端、Gさんも、女性たちも、足がすくんで動けなくなった。

社の前に大きな賽銭《さいせん》箱がある。その箱の上に、人の首がのっていたのだ。

足が動かない。動いても、逃げれば追いかけてくるかもしれない。

そんな考えが頭をぐるぐる駆け巡った。女性たちも悲鳴すらあげることができずに、硬直しているらしい。だが、首は首なのだが、よく見ているとなにかがおかしい。

Gさんは意を決し、懐中電灯で首を照らした。

人の首ではない。仏像の首だった。それは人と同じほどの大きさで、こちらを向いている。

「仏像かあ」

少しだけほっとしたが、誰かの悪戯《いたずら》だとしても罰あたりだ。腹がたつ反面、不気味である。神社の裏には碑塔群があるので管理者もいるはずだし、参拝者も多い。つまりこの首は、おそらく日が暮れてから置かれたのだ、ということを想像させる。

寒気がした。

さらに先に進むと人穴があった。洞窟《どうくつ》の中には火が灯《とも》った蠟燭《ろうそく》が一本ある。この日は強い風が吹きつけていたが、蠟燭の炎は消えずにいる。それも不思議だと思った。

「もう帰ろうか」

なんだか重い足を引きずるように、車へ戻った。

車に戻り、先ほどの不気味な光景を口々に語り合った。

「あの首、気持ち悪かったよねえ」「誰が置いたんだろ」

ますます車中の空気が重くなった。

「もう帰ろう」とGさんが女性たちに促した。
「もう帰るのか」という男の声がした。
車内にはGさん以外に男性はいない。
しばらく間があって、女性たちの悲鳴が響き渡った。

第八十六話　一枚のハガキ

Hさんは、会社で営業を担当している。

ある地方都市に出張することになった。出張先で夕方には商談を終えた。まだ会社に戻れる時間だったが終電で帰ることにした。というのも、寄りたい場所があったのだ。

この町は、Hさんが生まれ育った故郷の近くにある。

実はこの町で、幼馴染《おさななじみ》の友人Sさんがバーのマスターをしているらしい。店のオープン時に、ハガキを貰《もら》っていたのだ。

Hさんは十年前に家族ぐるみで東京へ引っ越したので、この町を訪れたのは久々だった。店を持ったというSさんとも、会えば十年ぶりとなる。

鞄《かばん》の中には、そのハガキが入れてある。

ハガキが届いたのは七年前。その間ずっと気にはなっていた。ハガキを手に、店を探した。すぐに見つかった。駅に近い人通りの少ない路地。雑居ビルの地下に店があった。

階段を下りて店のドアを開けると、そのまま黙ってカウンターに座った。そして顔を上げて「よっ」と、カウンター越しのマスターに挨拶《あいさつ》をした。

「あれ？　Hやろ。Hやん。久しぶりやないか！」

マスターは驚きの声をあげた。懐かしいその顔。

「どうしてん。東京行って、帰ってけえへんのかいな」

「まあ、忙しいてな。今日は出張で近くまで来たから。七年前、ハガキを送ってくれたやろ。嬉《うれ》しかったよ。それで来たんや」

ほかにお客はいない。しばらくは二人だけで呑《の》んでいた。

「H君、お久しぶり」隣の席に綺麗《きれい》な女性が座った。

「あっ、Kちゃん。……そうか、風の便りで聞いたぞ。キミら、結婚したんやってな」

「そうそう。コイツのしつこい口説きに負けてね」Sさんが照れ笑いをしながら言う。

「じゃ、Kちゃんもここで働いてんの？」

「うん、たまにね」

Kさんが合流し、三人で呑みはじめた。Kさんは、三十を過ぎて以前より美人になった。実は、Hさんは学生の頃、Kさんに対して淡い恋心を持ったことがある。酔いにまかせて、その頃の思い出話をはじめた。

「Kちゃんさあ、こんなヤツと結婚しやがって。俺もキミのこと、好きやってんで」

「またまたぁ」

「ほんまやねんて」

思わずKさんを引き寄せると、口づけをした。ほんの戯れのつもりだった。

唇を合わせた瞬間、Kさんの顔が、ずるりと歪《ゆが》んだ。

「え？」

店内が暗い。照明が全部落ちている。そんな中、隣の席にシルエットとなったKさんと、カウンター越しに立つSさんがいる。

「怒った？　ごめんごめん。本気ちがうって」

二人はまんじりとも動かない。

「どうした、二人とも。機嫌直して、呑もうや」

不気味なほど動かない。Hさんは突然、嘔吐《おうと》感に襲われた。

「ごめん。トイレどこ？」

二人とも言葉を発してくれない。なんとか探し当て、胃の中のものを吐いた。すると背後から光を照らされた。

「そこにいるのは誰ですか」

声が聞こえて振り返った。離れたところから懐中電灯を照らしている者がいる。

あれ、トイレのドアがない。

「ここは立ち入り禁止ですよ。こっちに来なさい」

警察官だった。

あたりを見回すと、さっきまで綺麗なバーだったのが、ボロボロの廃屋になっている。

天井が抜け落ち、壁や床は穴だらけで、いろいろなものが散在している。いましがたまで飲んでいたカウンターにも穴が空いていて、細かい木材があたりに散らかっている。

「はやく上がって来てください」

警察官は、どうやら路上から地下に向かって懐中電灯を照らして覗《のぞ》いているようだ。瓦礫《がれき》を避《よ》けながら地上へ上がり、警察官のところへ行くと、いろいろと質問された。

「なにをしていたんですか」

「いや、実は……」正直に、先ほどまでのいきさつを語った。

警察官によると、このビルは数年前に火災があり、そのまま放置されているという。地下のバーからも死人が出たらしい。内部は解体されているが瓦礫が残っている。当然、普段は立ち入り禁止になっている場所であった。

いま上ってきた階段の入口も板と金網で封鎖されている。建物自体も板の壁でぐるりと囲まれていて、簡単には入れないようにしてある。

事情聴取された後、「まあ、お酒もほどほどにしてください」と言って、警察官は立ち去った。

Hさんはその場でしばし立ち尽くした。

後日、図書館で新聞を調べてみると、火災の記事を発見した。

ビルは全焼して、数人が亡くなったとある。死者の中に二人の名前があった。新婚の二人が店をもったばかりの時期だった。しかも、新聞の日付を見てさらに驚いた。

出張日がちょうど、ビル火災のあった日だったのだ。

第八十七話　死因

映像系の専門学校に通っているF君のもとに、幼馴染のA君から電話があった。

「俺、結婚することになったんだ」と、弾んだ声をしている。

「えぇっ、おめでとう。で、相手はだれ？」

「一度会っているよ。Rちゃんだよ」

「ああ、あの娘《こ》か」

A君は彼女との結婚の報告とともに、F君にお願いがあるという。

「お前、映像の勉強してんだろ？　結婚式でわっと盛り上がりたいじゃん。そこをビデオ撮影して、DVDに焼いてもらいたいんだけど。俺と彼女の記念にさ」

「わかった、喜んで引き受けるよ」

当日、結婚式から披露宴、そして二次会の様子をビデオカメラで撮影した。特に二次会は三、四十人が入れるカラオケのパーティ会場を貸り切って大いに盛り上がった。

そしてA君夫婦が新婚旅行へ行っているあいだに、撮った素材をもとにパソコンで編集した。

映像が完成した頃、A君から電話があった。

「今度の日曜日に、身内でこのあいだ撮ってくれたビデオの観賞会をしたいんだけど、当日の夕方頃にDVDを持ってきてくんない？」

F君は編集済みのDVDを持参して、A君らと一緒に見た。

二次会のシーンとなった。カラオケルームでの風景だ。着飾った新婦のRさんが画面に映った。幸せそうな顔がアップになる。

「これ、あたしじゃない。あたしじゃないよ」Rさんが大声を出した。

「なに言ってんの、これお前じゃん」A君がたしなめる。

「ちがうよ。絶対にちがう。誰？　この女は誰なの？」なにか尋常ではない。

しかし、モニターに映し出されているのは紛れもないRさんだ。その場にいたメンバーは、Rさんのことを心配しはじめる。

みんなでRさんをなだめようとするが、Rさんは、DVDをデッキから取り出すと、真っ二つに割った。周りの空気が凍った。

「ごめん、ちょっとコイツ、今日はヘンだ。体の調子でも悪いんだろ。今日はこれでお開きにしよう。ごめんなさい。今日はみんな、帰ってくれますか」

A君にそう言われて、面々はA君宅を後にした。

徹夜して編集したDVDを無惨にも割られてしまったF君は、やるせない思いだった。

何日かして、F君のもとにA君から電話があった。

「俺、Aだけど……」声の調子がおかしい。

「俺の奥さん、死んじゃった」

「おいおい、また悪い冗談だろ」

「こんなこと、冗談で言えるかよ」

あのDVD観賞会の翌日のことだそうだ。

Rさんは、二次会の会場だったカラオケルームに一人で予約を入れた。その部屋で首吊《くびつ》り自殺をしたという。

フロントとつながる電話のコードを首に巻きつけて亡くなっていたらしい。

家族も親戚《しんせき》も騒ぎだした。そんな死に方をする意味がわからない。あんな死に方ができるものか。あれは誰かにコードを巻きつけられたんじゃないのか、という意見が出ている。そしてなにより、自殺の動機がわからない。

挙式をしたばかりの新婚夫婦である。幸せの絶頂のはずだ。当然、警察が現場検証するわけだが、なにを聞いても「自殺です」というばかりで、なにかを隠している様子がある。

「カラオケルームなら部屋の様子をビデオで撮っているだろ。それ見れば、わかるんじゃないの」とF君は言う。

「それがね」と、泣きそうな声でA君が答える。

当然、警察はカラオケ店にビデオの提出を要求した。そこには死に到る一部始終が撮られている。F君と親族は警察に、ビデオを見せて欲しいと訴えた。

すると警察は、うーんと唸《うな》った後、「見ないほうがいいでしょう」と言った。

Rさんの両親は、どんなことがあっても見せて欲しいと執拗《しつよう》に食い下がった。どんな死に方をしたのか、娘が生きている最後の姿を見たいという。

警察はまったく見せる気がない。しまいには、押し問答になったそうだ。

「なんで見せられないんだ？」

「そこがわからない。けど、最終的に警察が折れたんだ」

「わかりました。こうしませんか。皆さんも見たいという気持ちはわかります。でも、見せることはできません。ですが、お父様だけにお見せしましょう。お父様がご覧になって、それでも皆さんにお見せするべきか、判断してください」担当の警察官は言った。

父親は警察官と二人で別室に入っていった。しばらくして部屋から出てきた父親は、憔悴《しょうすい》して虚《うつ》ろな目をしている。「お父さん、見たの？」「ねえ、どうなったの」と皆で問い詰めたら、父親はひと言「見ないほうがいい」とだけ言って口を閉ざしてしまった。

「結局、なにが映っていたのか、なにがあったのかは、俺たちには言ってくれないんだ」

「いったい、それ、なんなんだ？」

「それは俺が知りたいよ。で、お前が撮ったビデオあるよな。それもう一回、見せてくれないか」

翌日、F君はDVDを持ってA君の家へ行き、映像を一緒に見た。

二次会のパーティの模様。皆は楽しそうに騒いでいるし、うたっている者もいる。

カメラは新婦であるRさんを中心に撮影している。

ところが今度はRさんの声だけが、一切モニターされなかったのである。

結局、Rさんが何故この映像を見て〝自分ではない〟と思ったのかは、わからなかった。

第八十八話　防犯幽霊

Fさんが勤める会社はゲーム機やパソコンのリースをしている。

工場には廃品として集められたゲーム機やパソコンが、縦横百センチほどの物流用パレットの上にうずたかく積まれている。廃品を修理して再利用するのだ。

廃品とはいえ、マニアから見れば古いゲーム機やパソコンは宝の山なのだそうで、「ひと山一千万円はするで」と、ここで働く作業員たちは言っていた。そんな山が、工場内にはいくつもある。

この工場内に幽霊が出るというのだ。

宝の山は、大きなビニールのラップで包んであるが、ある時間になると、パレットの端っこをミシミシとラップを踏む音をさせながら、山を一周する者が出没する。端の部分は狭くて不安定なので、歩こうとするとどうしても、両手でラップ越しに商品に触れることになる。その音も、歩きに合わせてメリメリとする。

Fさんもその音を頻繁に聞くが、そこには誰もいないのだ。

ただ、なにかを見た、という作業員も何人かいる。それは、工場の作業着を着た男だが、その作業着が、古いタイプのものなのだ。Fさんの工場は、三年前に作業着のデザインを一新したところだった。

「商品が盗《と》られんよう、見張りしてるんちがうか」というのが作業員一同の見解だった。実は四年前に、何度か同じ手口を使った窃盗事件が発生したことがあった。古い作業服の男は、まさしく商品が窃盗された時間帯に現れる。まるで商品を守っているかのように、パレットの周りを歩いているからだ。

ミシミシ、というラップを踏む音がしなくなると、しばらくして休憩所の横にある洗面所の蛇口から水が放出されて、すぐにキュッという音とともに水が止まる。中古のパソコンなどは、中を開けると煙草のヤニや埃で真っ黒である。従って、扱う作業員は途中三度の休憩と帰宅時には、必ず手を洗うことになっている。

どうも、それが再現されるらしい。

ただ、たまに水が出しっ放しになっていることがあるのだそうだ。

第八十九話　祖母の遺影

Kさんの祖母が亡くなった。

それを機会に、Kさんは東京でのアルバイト生活をやめて、金沢《かなざわ》の実家に帰った。

Kさんの部屋はなくなっていたので、仏間で寝る。

布団に入って上を見ると、天井近くに掛けてある祖母の遺影写真が目に入る。そんなときは、手を合わせて寝る。たまに夜中に目が覚めると、暗い部屋になぜか遺影だけがぼおっと浮き上がっているように見える。

あるとき、写真が逆さになっていたことがあった。

目を凝らすと、元に戻っている。そんなことも二度ほどあったらしい。

写真に写っている祖母の目線は、カメラから少し右に逸《そ》れている。だから目が合うことはないはずだ。なのに目が合うことがある。最初は気のせいだと思っていたが、よく観察してみると、やはり目がこちらを向いている。

「おばあちゃん、昨夜、こっち見てたよ」

母親に言っても取り合ってくれない。それからも日によって目が合ったり、逸れていたりする。

あるとき、友人が遊びに来たとき、仏壇に供えてあった饅頭《まんじゅう》を二人で食べた。すると、祖母の遺影写真の目が、ぎろっと動いた。

「ひょっとして」

残った饅頭を仏壇に戻すと、遺影の目は戻っている。

そういえば祖母は甘いものが大好きだった。思い出してみると、祖母の目がこっちを向いていたときは、仏壇にお供え物の菓子がないときだった気がする。

それからは、必ず仏壇に、甘い菓子をお供えするようにした。

以後、遺影と目が合うことはなくなった。

第九十話　ピンポン玉

もう、二十年以上も前のこと。

Dさんは大阪の今里《いまざと》に古いアパートを見つけた。

風呂《ふろ》なしの四畳半でトイレは共同。家賃は一万二千円だった。

あまりに安いので借りたが、正直なにかが出るのではないかとも思った。

しかし四年間住んでも、幽霊が出るということはなかったらしい。

ただ寝る前に電気を消すと、テーブルの上に、コン、カカカカカ、とピンポン玉が落ちる音がする。

電気を点《つ》けると、枕元にピンポン玉が一つ、落ちている。

そんなことは、何度もあったそうで、机の引き出しいっぱいのピンポン玉が溜《た》まったらしい。

第九十一話　アメの音

Yさんは岐阜《ぎふ》県の市営住宅に四人家族で暮らしている。

ずいぶん前に抽選に当たって引っ越したのだが、大きなリビングの隣に襖《ふすま》で仕切った和室がある。一家四人はその和室で寝ているという。

これは、引っ越して一ヶ月ほどしたときのこと。

寝ていると、パタ、パタ、パタ、と音が聞こえた。

起きて音のするほうを見てみるが、別になにがあるでもない。ところが翌日も、その音がした。

Yさんは家族にも尋ねてみたが、誰も聞いてないという。

いや、気のせいではない。確かになにか異様な音だった。今度聞こえたら、絶対に原因をつきとめようと思った。

何日かした夜、パタ、パタ、パタ、と音がしだした。

起き上がって電気を点けたYさんは、キッチンや風呂場、洗面所の水道口、窓や押入れの中など、隅々まで探してみたがなんの異常もない。

「なんやろな」

首をひねるしかなかった。

それからしばらく音は聞こえなかったが、一ヶ月ほどしたある夜中、パタ、パタ、パタ……。また始まった。ところがこの日は違った。パタ、パタ、パタ……、パラパラパラパラパラ……。それは、まるでトタン屋根にはげしく雨が打ちつけている音のようだ。

今回ばかりはさすがに家族全員が起きだした。

「なにこの音？」

雨ではない。音は部屋の中からしている。

やがてザアーッというすさまじい音がした。

慌てて電気を点けてみると、床中に大量の飴玉《あめだま》が転がっていたのである。

大量の飴玉が落ちてきたのはその日だけだったが、その後も掃除をしようと箪笥《たんす》を動かしたり、押入れの中を整理しようとすると、飴玉が転がり出てきたり、柔らかくなった飴が衣服にくっついていたりすることがあった。

いまはまったく出てこなくなったが、色とりどりの飴玉だったらしい。

第九十二話　ついさっき

数年前の冬のことである。

K君というデザイナーに、私が経営している塾のパンフレットを発注した。

夜十時頃、K君から電話があった。パンフレットの見本ができたので、明日《あした》の夜に見せに来るという。しかし電波状態が悪い。通話の途中で、ジャッ、ジャッとノイズが入って聞きとりにくい。

「えっ、なに？」何度も私は聞き直した。

「電波状態が悪いけど、どこにいるの？」

「事務所です」

彼の勤めている事務所は新大阪駅の近くにある。いままで何度も電話のやり取りをしているが、こんなことは初めてだ。とにかく「明日の夜行きます」という声は確認できたので、そのまま電話を切った。ところが、すぐまたK君から電話があった。やっぱり電波の状態が悪い。そのノイズの向こうで、

「いまから行っていいですか」と言う。

「いまから？　まあええけど」

「じゃあいまからタクシーで行きます。それで、あっ！」

通話は途中で切れてしまった。

最後の「あっ！」が気になったが、新大阪からタクシーを飛ばせば、三十分ほどの距離だ。すぐに来るだろうと待っていた。

ところが一時間以上経っても到着しない。一時間半ほどして、ようやくK君が私の自宅に現れた。

なぜか顔面蒼白《そうはく》で唇も震えている。

持ってきた見本を差し出す手までもが震えていた。

なにかあったな、ピンと来た。

「すみません。さっきあった話、聞いてもらえますか」と彼のほうから切り出した。

彼の事務所は夜八時で終業する。残業は禁じられていて、節電のため電気は消されてしまい真っ暗になる。ところがK君は、私から受けた仕事を事務所に通していなかったらしく、事務所の皆が帰ってから一人だけ残って秘密の作業をしていたというのだ。

事務所はその階のフロア全部を借り切っていて、廊下がない。エレベーターが直接事務所の中にある。消灯時間になっても、エレベーター前の天井にある蛍光灯だけは、いつも点いている。明かりはそれだけだ。その明かりを背に、K君はパソコンに向かっていた。

さわさわと、音がする。人がいる気配。

振り返るが、誰もいない。蛍光灯の光がエレベーターを照らしているだけだ。

「いるわけないよな」とまたパソコンに向かうが、どうしても気配が気になってしまう。

エレベーターの横に、真っ暗な給湯室がある。なんだかそこが気になった。

怖いが、様子を見に行った。しかしそこにも誰もいない……。

戻って作業を続けると、やっぱり人の気配がする。けれど振り返っても誰もいない。

そんなことが繰り返し起こる。

出来あがったデザインをプリンターから出力して、そそくさと帰り支度をした。

また気配がするので、振り返った。

エレベーター前に、女が立っていた。

長い髪は真っ白。顔も、着ているものも真っ白。真っ白い女。だが老婆ではない、若い女ということはわかる。ただその目には、黒い穴がぽっかりと開いている。

Kさんは驚いてパソコンに目を戻した。

「いまのなに？　あれは人か？」

また振り向く、もういない。

「こわっ。もう帰ろう。」

ちょうどそのとき、私のところへ電話をしたという。

K君も電波障害に気づいていたようだ。なにかヤバい。そう感じた。

電話を切って、プリントアウトされた見本をファイルに入れていると、さわさわさわっという音が近づいてきた。わかった、これは衣擦《きぬず》れの音だ。

はっとして振り向くと、さきほどエレベーターの前にいた女が、こちらへ向かって移動している。女は浮きながら移動しているようにスーッと動き、事務所内のパーティションや机をすり抜けている。数メートルの距離まで近づいてきた。

思わず携帯電話を手にしたK君は、リダイヤルを押した。電話は私の自宅に通じた。

「いまから行っていいですか」

一人暮らしのK君は、このまま帰るのも怖い。とっさに出た言葉だったそうだ。

「いまから？　まあええけど」という私の返事。

「じゃあタクシーで行きます」

背後になにかが立っている。真後ろに気配がする。エレベーター前の蛍光灯の明かりが、ふと、なにかに遮られた。

背後を振り返ったK君の目の前に真っ白いカーテンがあった。

なんだこれ。カーテンに沿って上を見た。

「あっ！」

天井近くに、目に穴の開いた女の顔があった。カーテンだと思ったのは、目の前にいる女の衣装だった。

電話が切れたのはその直後だった。

彼は悲鳴をあげた。悲鳴と同時に女はかき消えて、遮断されていた蛍光灯の明かりが見えた。すぐに事務所を出る準備をした。

K君は「あれ、幽霊ではなく、物体としてありました」と言う。

事務所を出る際に、最後の者が戸締まりをしなければならない。カードでロックしようとすると、中に人がいると認知されて警報が鳴ってしまった。私の家まで来るのに時間がかかったのは、警報で飛んできた警備会社の人に事情を説明していたからだ。

「さっきあった話です」と語り終えたK君の震えは、まだ続いていた。

第九十三話　ヒロシ君

いまはOLをしているAさんの、実家での話である。

彼女が中学生の頃、地元の新聞で報じられた事件があった。

「私も最近は見なくなりましたが、大学生だった頃までは、ちょいちょい見てました」とAさんは言う。

十何年も前。

小学二年の少年と、幼稚園の少女がいた。二人は近所同士でもあり仲もよく、一緒に遊んでいるところをたびたび見かけた。少年はヒロシ君という。

ある日。二人は鬼ごっこをしていた。ヒロシ君がオニだ。

逃げる少女は本気になって逃げていた。公園から道に出ると、そのまま夢中で道を走った。やがて大きな道路に出た。ヒロシ君は少女を追いかける。目の前に踏切りがあった。警報が鳴りはじめ、遮断機が下りてくる。少女はそれを潜って線路を渡り、踏切りの向こう側に出た。

背後で電車の警笛が鳴り、ドンという音がして、急ブレーキがかかった。

幼稚園の少女にでも、いまなにが起きたのかはわかった。少女は振り向かずに、ヒロシ君の家に駆け込んだらしい。

「おばちゃん。おばちゃん」

玄関から、ヒロシ君の母親を呼んだ。しばらくしてエプロン姿の母親が姿を現した。

「あら、どうしたの」

「ヒロシ君がケガした」少女が蒼白の顔で訴える。

少女はヒロシ君の母親の手を引こうとする。母親は、慌ててサンダルを履いて、少女に手を引かれるまま表に出た。少女は母親を踏切り近くまで連れて行くと、その場に立ち尽くして泣き出した。

踏切りには急行列車が停車していた。あたりには野次馬がいて、列車の乗客たちは一様に表を見ている。ヒロシ君の母親は瞬時に理解した。

「ヒロシ、ヒロシ!」

すると、田んぼの中で声がした。

「首、見つかったぞ!」

「ヒロシーッ!」

母親は田んぼへ走って行くと、その人から首らしきものを奪いとり、両手で抱えてしゃがみこんだ。そのまま母親は動かなかったのだ。皆は遠巻きにそれを、ただ見ているしかなかった。

ヒロシ君の葬儀が行われて一週間後には、ヒロシ君の家は別の町に引っ越した。

その後、踏切りに幽霊が出るという噂が聞こえはじめた。田んぼの中に、しゃがみこんだ母親の姿を見るという。

昼間には出ない。夕刻になると出て、夜更けには消えている。

噂はたちまち、町内に広がった。

だが待てよ。

「ヒロシ君が出たのなら幽霊やろ。でも母親が出てるんやろ。あのお母さん、別の町でちゃんと生活してるらしいで」

「じゃあ、あれはなんなの。俺も見たけど、あれは確かにヒロシ君のお母さんや」

町の皆が首をひねった。あのときの光景があまりに衝撃的だったので、それを幻視しているのではないか、という意見も出た。残像現象というのだそうだ。

しかし、その光景を見ていない人や、事件を知らない人の目撃例もある。

この話には後日談がある。

第九十四話　母親の姿

ヒロシ君の母親の霊の話は町中に広がった。町内会でも議題にのぼった。

これはなんとかしないといけない。

「見たという人も大勢いるし、学校に通う子供たちも怖がっている。田んぼの持ち主は嫌がるし、町にとってもいい話ではない。一体どうしたらいいだろうか」

最終的に、町の氏子神社の宮司にお祓《はら》いを依頼することになった。

ある日の午後、田んぼに縄で四角い結界が張られ、祭壇が作られた。

町内の人々は宮司の後方に陣取り、ともに儀式に参加した。

祝詞《のりと》があげられ、榊《さかき》を奉納する。

すると結界の中に、しゃがみこんだ女性の姿が現れた。

「わっ、出た」という声が上がり、老人会の人たちは経を唱えだした。宮司もいささかパニックになりながら、儀式を終えた。

「出てるやん」

失敗だ。いつもは夕方にしか出ないお母さんの姿が、白日のもとにうずくまっている。

「もう一度、やり直します」と宮司は言い、再び祝詞を唱えはじめたが、母親の姿は消えない。

二度目の儀式が終わると、宮司が祭壇を片付けはじめた。

「私には無理です」と言って帰ってしまった。あれから別の霊能者に依頼してお祓いをしてもらったが、高い謝礼を払っただけで、やっぱり効果はなかったという。

Aさんは、高校になってもヒロシ君の母親を見ることがあり、その頻度は少なくなったものの、その後もちょくちょく見たという。

夏休み。Aさんの家に大学の友達が遊びにきた。

踏切りを渡るとき「ねえ、あそこにしゃがんでるの、誰?」とその友達に言われた。

彼女は踏切り事故のことはなにも知らない。

いま、田んぼの跡地にマンションが建つことになっているという。

第九十五話　駅前の少女

Sさんは都内の商社に通うサラリーマンである。会社は家の近くにあるので、自転車で通っている。途中、高架になっている私鉄の駅がある。

Sさんが小学校から高校まで、通学に使った駅でもある。

小学五年の頃、その駅前の交差点で赤いワンピースの少女を見るようになった。小学一、二年くらいの女の子だ。最初は気にも留めなかったが、いつも同じ場所で、同じ服を着て立っているので、だんだんと気になりだした。中学生、高校生になっても、たまに見る。

いつも同じ場所で。

Sさんが高校生になったとき、突然気がついた。何年も少女を見かけてきたのに、初めて見たときと変わらない小学一、二年の姿のままなのだ。

きっと見てはいけないものだと、やっと気づいた。

その後Sさんは東北の大学に入学し、下宿生活をしていたが、いまの会社に就職したところで地元にもどってきた。
自転車で駅前の交差点を通ると、いまでも、たまに見るという。

第九十六話　駅前の少女、その後

ある日Sさんは、部下のNさんの顔色が悪いことに気づいた。声をかけてみるが、「いえ、なんともありません」と言うばかり。仕事が終わっても、残業があるらしく帰ろうとしない。

数日後、Nさんは会社で寝起きしているのだと、同僚から聞いた。

「なんで帰らないんだ？」

問いただしてみた。「駅に行くのが怖いんです」と言う。

Nさんは電車で通勤している。駅前の交差点を通ると、赤いワンピースの少女を見るという。

「最初は気にしていなかったんですけど」

入社五年目のNさんは、入社したばかりの頃から赤いワンピースの少女を見かけていた。何年経ってもその子の姿かたちが変わらないことに疑問をいだきはじめていた。

「それでも、よくあることだと思い込み、気にしないでおこうとしていたんですが……」

先日の朝、缶コーヒーを買うため交差点にあるコンビニに立ち寄った。

飲み物が陳列されている棚の前に立ち、ガラス戸を開けて缶コーヒーを取ろうとすると、横から腕をいきなり摑《つか》まれた。腕を摑んでいたのは、あの少女だった。

驚いて少女を見ていると、にこにこ微笑んでいた少女の顔が急変し、寂しそうな表情でNさんのことを見つめはじめた。少女はNさんの腕を放し、小走りでコンビニを出て行ったという。

「それから、駅に行くのが怖くなったんです」

「お前も見てたのか」とSさんは自分も子供の頃からそれを見ていたことを言った。

そして、Sさんが独自に調べてわかったことを語りだした。

「いま、あの駅は高架になってますけど、もともと鉄道は路面を走っていたんです。駅前には踏切りがあって、人身事故が多かったらしいんです。確かに小学一年くらいの女の子も一人死んでます。調べてみたら近所の子でした。その子の霊かどうかはわかりません。実は、私やNだけでなく会社の女性の中にも、あそこを気味悪がる子がいるんですよ」

その女性も赤いワンピースの少女を見ていた。彼女の場合は、駅の交差点で袖《そで》を後ろに引っ張られる。その力で転びそうになるときもあるという。でも、袖のあたりを見ても、誰もいない。最近になって何度も起こるようになったという。

「会社の女性って誰?」「経理のYさんです」

思い当たることがあった。

「Yさんて、確か今年で二十七か八だろ。少女の母親が、だいたいそんな年齢だったんだ。お母さんを捜してるんじゃないかな。それで、父親は三十歳。お前、ちょうど三十歳じゃないか。お父さんが缶ジュース買ってくれると思って、近寄ってきたんじゃないのか?」

「そういうことですか!」

Sさんは Nさんを駅まで送り届け、自宅に帰らせた。


ある日、会社の前でバイクと車の衝突事故があった。

大きな激突音を聞いて、皆は会社の窓から現場を見下ろした。ぺしゃんこにひしゃげたバイクと、前面が大破した車の周りを野次馬たちがとり巻いている。

そこに救急車やパトカーが到着した。

Sさんは得意先に行くため、Nさんとともに会社を出て、野次馬たちを尻目《しりめ》に駅に向かおうとした。

「あっ」Nさんが声を上げた。

野次馬の中に、赤いワンピースの少女がいた。大勢の人のあいだから顔を覗《のぞ》かせて、ひしゃげたバイクを見ている。

「あの子、こんな場所まで移動してますよ」

確かに、少女を駅前の交差点以外で見るのは初めてだ。

「仲間ができたと思ってんじゃない？」Sさんは自分で言いながら、その言葉にゾッとした。

いまは会社の前に、少女が立っているという。

第九十七話　噂の通り

フリーライターのSさんが、よく耳にした噂話があった。

ある峠道がある。外灯もなく、夜は真っ暗になる。車もほとんど通らない。そこを若い人たちがバイクで走る。

途中、トンネルがある。このトンネルの前に若い女が立っていて、バイクに乗っている男性に「バイクに乗せて」と声をかけるという。たいていの男性はバイクを停めて、「どうしたの、こんなところで」と女性に話しかける。若い女は「道に迷ったの。乗せて」と、町の名を言う。それで男性は女性を後ろの荷台に乗せる。峠道を下りる頃には、女性は忽然《こつぜん》と姿を消す。そんな話だ。他愛のない都市伝説だと思っていた。

ただ、その峠道はSさんの家からバイクで二時間ほどの距離にある。

夏も近づいたある日、仕事先の担当編集者から「今年は心霊スポット特集を組みたいんですけど、どこかないですか」と連絡があった。仕事が欲しいSさんは「ありますよ」と二つ返事をした。その日の夜中、さっそく峠道のトンネルへ行くことにした。

取材道具を持って、夜中の峠道を走る。噂の通り、漆黒の闇だ。一人で走っているというだけで背中がゾクゾクしている。

トンネルに辿《たど》り着いた。そこだけは煌々《こうこう》と電気が点《つ》いている。トンネル内に人影がある。バイクはそのままトンネルに近づく。人影にヘッドライトの光が当たったとき、心臓が止まるかと思った。

若い女だ。

「うわっ、ほんとにいる」

そのままSさんはトンネルに入り、向こう側へ抜けた。

抜けた途端、疑問に思った。あれは本当に幽霊だろうか。噂話を聞いていたからそう思っただけじゃないのか。第一、ヘッドライトが彼女に当たったとき、確かに後ろに影ができていた。ならば人だろう。

けれど人間だとしても、あんなところに若い女が一人でいる、というのも尋常ではない。

Sさんは Uターンして再びトンネルに入り、反対側へ出た。若い女性がいる。手を振りながら、こちらへ走り寄ってくる。Sさんはバイクを停めて、女性に話しかけた。

「どうしたんや。こんなところで」

「ちがうねん。彼氏とドライブしててん。そしたら車の中で大ゲンカになって、途中で降ろされてん。冗談やと思ってたら、帰ってけえへん。やっとトンネル見つけて。ここ、明かりがあるから車通るの待っててん。乗せて乗せて」

「なんや、キミ、どこの子や」「S市」「近くやん。ほな、乗っていき」

Sさんは女性をバイクの後部に乗せた。彼女の腕が後ろからSさんの腰にしがみついた。胸の柔らかさも背中に伝わる。

「じゃ、しっかり摑まってや」

Sさんはバイクのエンジンを吹かすと、峠道を下りはじめた。と、途中で思った。

「けど、これって、噂通りやん」

すると耳元で、「そうでしょ」という女の声がした。思わず急停車させて、後ろを振り向いた。女性はいない。しかし彼女の両腕だけはしっかりとSさんの腰に巻きつき、背中には胸が当たっている感触もある。

「わあああ」Sさんは悲鳴を上げながら急発進させると、峠道を全速で駆け抜けた。

腕はずっと巻きついたままだ。

ようやく町の灯がちらほらと見えてくると、腕はなくなっていた。

記事は書けなかったという。

第九十八話　あんたの恰好

Tさんという女性が電車を待ちながら、友人とおしゃべりをしていた。

私鉄の駅で、プラットホームは線路に沿ってカーブを描いている。

急に人が視界に入ったかと思うと、五、六メートル先のところで線路に飛び降りた。

「あっ！」Tさんも飛び出そうとした。

すると、友人が袖を引っ張り「あんた、なにやってんの！」と怒鳴った。

直後に特急列車が通過した。

「あんた、死ぬつもり！」

「いま、人が落ちたから」

「誰もいないよ。どんな人だった？」

「膝《ひざ》までの薄手の赤いトレンチコートで、下はジーンズ。髪はソバージュで」

「それ、あんたじゃん」

Tさんは我に返った。確かにそれは、いまの自分と同じ恰好《かっこう》だ。思わず大声を出してしまった。

近くで二人のやりとりを聞いていた駅員が近づいてきた。

「どうしました?」

Tさんが説明すると「そういうことあるみたいなので気をつけてください。昨日も会社員の男性が同じこと言ってましてね」と言われた。

人物の顔の印象はないが、飛び込んだときに口元だけがニヤリと笑っていたように見えたという。

第九十九話　踏切りの地図

何年か前、京都府の地元新聞がとあるニュースを報じた。

心霊スポットに遊びに行った若者が、電車に撥《は》ねられて死亡したという。

亡くなったのは十代の少年。男女五人で心霊スポットを探しに、車でドライブをしていたうちの一人だ。道に迷ったので「探してくる」と近くの踏切り内に入ったときに事故に遭ったのだという。不可解な事故として、臆測《おくそく》が飛んだ。

当時、その場に居合わせたという男性に話を聞けた。

「このことは当然、警察にも言いましたが、まったく報道されていません」

京都府内のY市に心霊スポットとして有名な廃病院がある。そこに「肝だめしに行こう」と五人で車に乗り合わせたのは、本当であった。

廃病院を目指して夜の道を進んでいると、道に迷ってしまった。地図を見てもいまいちわからない。困っていた五人は、道端に立っている一人のお爺《じい》さんを見つけた。

「俺、あの人に道聞いてくる」

運転をしていたN君が車を降りて老人に声を掛け、すぐに戻ってきた。地図をくれたという。

「地図？」

「ほら」と見せてもらったのが、廃病院を示す手書きの地図だった。

「書いてくれたん？」と聞くと「それが、はじめから持ってた」と言う。

「はじめから？」

とにかく、地図の通り行ってみた。地図が示す通り、現場近くの踏切りに着いた。

N君はその場に車を停めると「この先、車が通れるかどうか、見て来るわ」と言って、車を降り、一人で踏切りに向かって歩き出した。線路内に入ると、N君はその場に立ち止まり、自分の体のあちこちを手で払いはじめた。

「あいつ、なにしてんねん」車内で待つ四人も不思議そうにN君の行動を見る。

そのうちに下半身を懸命に払いはじめた。そしてズボンを脱ぎ、下着も脱いだ。それでも手で、なにかを懸命に払っている。

「あいつ、ヤバイな」

冗談かなにかと思ったが、やがて車内の四人に緊張感が走った。

N君の周りに紫色の靄《もや》が発生し、ぐるぐると彼の周りを舞っている。そのとき踏切りが鳴り出したのだ。

そこから電車が来るまで、あっという間だったという。

四人の目の前で、彼は亡くなった。

これは警察から聞かされた話だが「彼の腰から下の部分と、老人から手渡された地図が、まったく見つからない」のだそうだ。

第百話　列車事故

Tさんが JR大阪駅近くのショッピングセンターで働いていたとき。

そのビルは九時三十分に開店し、Tさんたち従業員はその五分前には店の入口に立って、客を迎えることになっている。五分前にはBGMが鳴って、「お時間です。準備してください」というアナウンスが全館に流れることになっている。

Tさんは開店前、控え室でちょっと化粧を直していた。そろそろアナウンスが流れる時間だ、と思っていると、ドォン！　という衝撃音がして、続いてガガガガッと連続した地響きのような音が聞こえた。

「なんでしょうね」同じ控え室にいた後輩のK君があたりを見回した。

「駅の方からしたよね」

「僕、見てきます」

様子を見に行ったK君は「なんにもなかったようですけど」とすぐに戻ってきた。

開店の時間が近づいている。Tさんは開店準備を急いだ。

すると突然、Tさんの目の前に若い女性が現れた。

白く薄いシャツに黄色いキュロットスカートを穿《は》いているが、あちこち破れて肌には痣《あざ》があり、血も滲《にじ》んでいる。

虚《うつ》ろな眼差《まなざ》しでこちらを見ていたが、はっとしたように周囲をきょろきょろと見回しだした。

「あの、ここはどこですか？」若い女性は、声を発した。

「ここ？　大阪駅近くの××というショッピングセンターだけど、あなた、どこから入ってきたの？」

「えっ、私、電車に乗ってたんです。あの、お父さんは？」

「お父さん？　お父さんと一緒だったんですか？」

「お父さん、どうしよ、どうしよ」

なんだか様子がおかしい。

「とりあえず、医務室に行きましょう。K君、ちょっと彼女見てて。私医務室に電話してみる」

Tさんが内線の受話器を手に取り医務室の番号を調べていると、K君の叫び声がした。

「どうしたの」

「女の子が、目の前で消えました」

Tさんはその日、通常業務をこなしていたが、昼休みにニュースを見て知った。九時十九分、尼崎で電車転覆事故があったことを。

本文デザイン：坂詰佳苗

本書は小社より二〇一四年
五月に刊行されました。

怪談《かいだん》狩《が》り　市朗百物語《いちろうひゃくものがたり》
中山市朗《なかやまいちろう》

角川ホラー文庫　19828

平成28年6月25日　初版発行
令和6年11月25日　12版発行

発行者———山下直久
発　行———株式会社KADOKAWA
〒102-8177　東京都千代田区富士見2-13-3
電話 0570-002-301（ナビダイヤル）
印刷所———株式会社KADOKAWA
製本所———株式会社KADOKAWA
装幀者———田島照久

●お問い合わせ
https://www.kadokawa.co.jp/（「お問い合わせ」へお進みください）
※内容によっては、お答えできない場合があります。
※サポートは日本国内のみとさせていただきます。
※Japanese text only

◆◆◆
ISBN978-4-04-103632-7　C0193

角川文庫発刊に際して

角川源義

第二次世界大戦の敗北は、軍事力の敗北であった以上に、私たちの若い文化力の敗退であった。私たちの文化が戦争に対して如何に無力であり、単なるあだ花に過ぎなかったかを、私たちは身を以て体験し痛感した。西洋近代文化の摂取にとって、明治以後八十年の歳月は決して短かすぎたとは言えない。にもかかわらず、近代文化の伝統を確立し、自由な批判と柔軟な良識に富む文化層として自らを形成することに私たちは失敗して来た。そしてこれは、各層への文化の普及滲透を任務とする出版人の責任でもあった。

一九四五年以来、私たちは再び振出しに戻り、第一歩から踏み出すことを余儀なくされた。これは大きな不幸ではあるが、反面、これまでの混沌・未熟・歪曲の中にあった我が国の文化に秩序と確たる基礎を齎らすためには絶好の機会でもある。角川書店は、このような祖国の文化的危機にあたり、微力をも顧みず再建の礎石たるべき抱負と決意とをもって出発したが、ここに創立以来の念願を果すべく角川文庫を発刊する。これまで刊行されたあらゆる全集叢書文庫類の長所と短所とを検討し、古今東西の不朽の典籍を、良心的編集のもとに、廉価に、そして書架にふさわしい美本として、多くのひとびとに提供しようとする。しかし私たちは徒らに百科全書的な知識のジレッタントを作ることを目的とせず、あくまで祖国の文化に秩序と再建への道を示し、この文庫を角川書店の栄ある事業として、今後永久に継続発展せしめ、学芸と教養との殿堂として大成せんことを期したい。多くの読書子の愛情ある忠言と支持とによって、この希望と抱負とを完遂せしめられんことを願う。

一九四九年五月三日